刘成信/主编

中国杂文
ZHONGGUO ZAWEN

（百部）卷七

叶圣陶集
YESHENGTAO JI

吉林出版集团股份有限公司
全国百佳图书出版单位

图书在版编目（CIP）数据

中国杂文百部．现代部分．第7卷．叶圣陶集 / 叶圣陶著；刘成信主编． -- 长春：吉林出版集团股份有限公司，2014.9
ISBN 978-7-5534-5466-5

Ⅰ．①中… Ⅱ．①叶… ②刘… Ⅲ．①杂文集—中国—现代 Ⅳ．①I26

中国版本图书馆CIP数据核字（2014）第210991号

叶圣陶集
YESHENGTAO JI

出 版 人	吴文阁
作 者	叶圣陶
主 编	刘成信
责任编辑	金方建
封面设计	梁文强
开 本	650 mm×950 mm　1/16
字 数	80千字
印 张	12
版 次	2015年1月第1版
印 次	2020年5月第1版第3次印刷
出 版	吉林出版集团股份有限公司
发 行	吉林音像出版社有限责任公司
	吉林北方卡通漫画有限责任公司
地 址	长春市泰来街1825号　邮 编：130062
电 话	总编办：0431-86012893　发行科：0431-86012770
印 刷	三河市华晨印务有限公司

ISBN 978-7-5534-5466-5-02　　　　定 价：28.50元

版权所有　侵权必究　举报电话：0431-86012893

《中国杂文》(百部)
总 序

刘成信

一

人类的文学艺术,源远流长,丰富多彩。随着社会的推进、发展,其分门别类日益精细——从最初的歌曲、舞蹈、神话、故事等逐步演绎出诗、散文、小说、戏曲。直到上个世纪初,科学技术与文学艺术融合,又有了电影、电视剧等。

有一种文学艺术虽然在中国问世两千余年,由于后人未给予"名分",以致到二十世纪初,才从文学艺术谱系中分野出来,这就是古老而年轻的杂文。

人类和自然界大体都遵循适者生存的法则萌芽、生长与消弭。两千多年来,杂文本应与小说、诗、散文、戏剧、音乐、电影等姊妹艺术一道,繁花似锦、根深叶茂。然而,它没有像先贤们渴望的那样,而是纤弱,时生时灭,时有时无,同其他汗牛充栋的文学艺术作品相去甚远。

二

时序到1915年,中华文学艺术宝库迎来新曙光,一个精灵出现了——杂文在多灾多难的中华大地,被一些先知先觉的知识分子接受了!

杂文这个新成员一俟来到华夏，其特性便与众不同——首先是符合社会发展规律，它主张顺应历史潮流。它不重复生活，不还原历史，不演绎过去，而最突出展示将来，预期社会走势，判断人间是非。

杂文一俟来到华夏，便告之，它向往和平、民主、科学、自由、平等、人道、富裕及真善美；杂文憎恶专制、昏聩、愚昧、野蛮、特权、贪婪、奴性、虚伪及假恶丑。杂文与其他文学艺术既相通又有自己的特性。

杂文一俟来到华夏，就融于文学大家族，与各种文学艺术形成天然的血肉联系。它不像小说刻画人物，而是粗线条勾勒人与事；它不像诗、散文等那样纤细、抒情，而是明白如话，开诚布公。但杂文能够调动各种姊妹艺术如寓言、故事、说唱、戏曲、元杂剧等"为我所用"。

杂文一俟来到华夏，它就友好地"拿来"社会科学乃至自然科学的多种文化元素。它不是政治学，但只有不迷失政治选择，才能解析身边社会的变数；杂文不是社会学，但只有掌握瞬息万变的时代脉搏，才能适应人间丛林法则；杂文不是历史学，但人总应拨开历史雾障，略知历史长河的走向；杂文不是生理学不是心理学，但它能解剖人性、解读人生、理顺人际关系；杂文不是方法论，但它无处不闪烁思想方法光芒；杂文不是文艺学，但它评价文艺现象既深刻又形象；杂文不是美学，但每篇优秀杂文无不抨击假恶丑，无不向往美、赞扬美……

理解杂文、认识杂文，才能与杂文为友，才懂得杂文的大爱。杂文真的是半部百科全书。

三

杂文打捞历史风尘，知耻近于勇。杂文对于文化批判，社会批判，历史批判，人性批判，世世代代惹来不知多少是非。

嫉妒杂文、讨厌杂文者，甚至欲将杂文从百花园中斩草除根，所以，杂文往往难以长成大树，多少代都不能像其他文学艺术那般枝繁叶茂。有人说杂文偏激，有人说杂文片面，有人说杂文招惹是非，更有人对杂文产生各种各样的误解。以至于把杂文称之为乌鸦，恨不得把一切不祥之物都推到杂文身上。

杂文，曾为作者"惹"下多少祸根，有人曾因杂文葬送自己的大好前途，多少代杂文人曾为自己带来难以洗清的污秽。

然而，实践证明，杂文只能为民众造福，世世代代多少志士仁人，曾为杂文洗刷了一切不实之词，它为人们启蒙越来越受人们欢迎。

四

本书作者共计三百八十位，分当代、现代、历代。

我们试图把1915年《新青年》"随想录"诞生前的杂文划为历代，1915年到1949年划为现代，从1949年到当今划为当代。

1915年"随想录"之前称之为杂文，主要是根据作品性质、特点，而不是按刘勰在《文心雕龙》所谈的"杂文"。

当代作家选五十位，每人一部杂文，五十篇左右。另有合集十部，每部二十几位作家，共二百多位作家，四百多篇作品；现代作家二十位，每位五十篇杂文，七万多字，另有四十多位杂文作家，十部合集；最后选七十多位历代杂文作家，均为合集，每篇作品都有注解、题解、古文今译。

当代五十位杂文作家大体是根据五点遴选的。

一、杂文创作时间超过二十年；二、曾创作有影响的杂文作品在三十篇以上；三、曾创作经典性杂文作品；四、作品强调思想倾向的同时，艺术性也不为之忽视；五、曾在国内组织带领作家创作杂文卓有成就者。

二十多年来，我曾在助手们协助下选编各种版本杂文集五十余部，选编如此大型杂文丛书，对我是一种尝试，深知其难度。这部《中国杂文》(百部)整整花费我四年时间。杂文作品浩如烟海，读数百册杂文集、数百万篇杂文作品，难免挂一漏万，特别是这部大型丛书在国内尚无参照系，错讹在所难免，恭请诸位指正。

选编者2012年11月10日
于长春杂文选刊杂志社

目录

对鹦鹉的箴言	1
"双双的脚步"	3
魔法	8
诸相	12
别人的话	17
莫遗忘	22
腐烂了玷污了的	26
"怎么能……"	30
愤愤	33
假如我有一个弟弟	34
读书	40
从焚书到读书	43
"今天天气好啊！"	45
"文明利器"	47
养蜂	50
读经	53

苏州"光复"	56
薪工	59
关于偶像崇拜	61
说书	63
昆曲	67
路	72
报销主义	76
生命和小皮箱	82
说话与听话	85
电话代公文	87
多刺目的两个字啊	89
几派的训育办法	94
据理论而言	99
暴露	104
论"长官认错"	108
知识分子	111
塞源节流	117
谈"求饶"的效果	119
我们的话	123

吃空额 126

政治家 127

再谈政治家 129

四个"有所" 131

谈成都的树木 135

独善与兼善 138

"算了,算了"的态度要不得 144

"习惯成自然" 147

茶馆 150

我们永不要图书杂志审查制度 152

又来挽《民主》 157

谈"利用" 159

如果教育者发表《精神独立宣言》 162

记教师的话 167

"老爷"说的准没错 173

我呼吁 175

关于思想品德课 180

对鹦鹉的箴言

从前谈诗文,喜欢讲"派"讲"体"。能够入某派归某体的,方才能够列入作者之林。所以作者们冠冕堂皇地讲"派"讲"体",论诗文的书简里,"派别"差不多是个重要论点;而诗题之下往往标明"效某某体"。

这些众多的先生们可惜不肯动脑筋!略动一动脑筋,他们必将自惭形秽,避匿不遑,决不敢还是冠冕堂皇地讲"派"讲"体"了。试想压抑自己的情思,强就别人的范围,强制自己的喉舌,模拟他人的声音,还算得上作者么!

旧体的文艺品,具有永久价值的固然不少。可是忘却自惭的先生们偏要跟在背后做鹦鹉,鹦鹉叫嚷得太繁乱了,就觉得人声寂然。因而具有永久价值的旧文艺不免随同遭到些讥谤。这诚然不应该,但也得原谅听厌了鹦鹉的人。

新文艺总不至于复蹈故辙吧?我说这句话不免太直觉了。但是我要为自己辩护。新文艺是不满于旧文艺而兴起的,谅来不至于重犯旧文艺的毛病吧,这也是推想中当然的结论。

然而事实并不然。我现在只说诗坛,已经有许多鹦鹉羽毛丰满,引吭而鸣了。首创新诗的是胡适之君。跟在后面学胡君的,居然散见于报章杂志,大概是引譬设喻,以见作意,激昂慷慨,以警世众。近来在诗坛独树一帜的是郭沫若君。而追随郭君的又随处可见,大概是赞美宇宙,倡言大爱,叠章重篇,好为豪放。此外如俞平伯君、沈玄庐君、刘大白君的诗,各有独特的风格,就有成为偶像的资格,足以招来许多鹦鹉。读者如果略一留心现在诗坛,对我的说法谅来会有同感。

倘若此风日长,那么中国新诗的前途真可忧虑。少数偶像即使全是成功者,鹦鹉却决无成功之望,诗坛不将太寥落么?

我所希望于新诗家的,不是鹦鹉的叫声,而是发自心底的真切的呼声。

【原载一九二一年十一月二十一日《文学旬刊》】

"双双的脚步"

小孩看见好玩的东西总是要。他不懂得成人的"欲不可纵"那些条例,"见可欲"就老实不客气要拿到手,否则就哭,就闹。父母们为爱惜几个铜子几毛钱起见,常常一手牵着孩子,只作没看见走过玩具铺子;在意思里还盼望有一位魔法师暗地里张起一把无形的伞,把孩子的眼光挡住了。魔法师既没有,无形的伞尤其渺茫,于是泥马纸虎以及小喇叭小桌椅等等终于到了孩子手里。

论理,到了手里的后文总该是畅畅快快地玩一阵子了;玩得把爸爸妈妈都忘了,玩得连自己是什么,自己在什么地方都忘了,这是可以料想而知的。但是事实上殊不尽然。父母说:"你当心着,不要把这些好玩的东西一下子就毁了。最乖的孩子总把他的玩意儿珍重地藏起来。现在给你指定一个抽屉,你玩了一会儿也够了,赶紧收藏起来吧。"祖母说得更其郑重:"快藏起来吧,藏起来了日后好再玩。只顾一刻工夫的快乐,忘了日后,这是最没出息的孩子。我小时候,就是把小木碗郑重地收藏起来的,直到生了你爸爸,才取出来给他玩。你不要只顾玩了,也得想想留给你将来的孩子。"这样在旁边一阵一阵地促迫,孩子的全心倾注如入化境的玩戏美梦做不成了。他一方面有点儿生气,一方面又不免有点儿怕父母祖母的威严,于是颓然怅然与玩具分了手。这当儿比没有买到手还要难受;明明是得到的了,却要搁在一旁如同没有得到一样,这只有省克工夫有名的大人们才做得到,在孩子确是受不了的。

隔天,泥马纸虎等等又请出来了,父母祖母们还是那一套,轻易地把孩子的美梦打破了。这样,孩子买了一份玩具,倒好像买了一个缺憾。

这似乎是无关重要的事,孩子依然会长大起来,依然会担负人间的业务,撑住这个社会。但当他回忆起幼年的情况,觉得生活不很充实,如同泄了气的气球,而这又是没法填补的(哪有一个成年人擎起一个纸老虎玩得一切都忘了的呢?我们读过梭罗古勃那篇小说《铁圈》,讲一个困苦的老工人独个儿在林中玩一个拾来的铁圈,他觉得回到童年了,满心的快乐,一切都很幸福,这也不过是沉于空想的小说家的小说罢了),这时候憾惜就网络住他的心了。

世间的事,类似孩子这样的遭遇的很多,而

且往往自己就是父母祖母。譬如储蓄钱财,理由是备不时之需。但是到了要用钱的时候,再一考虑,却说:"这还不是当用的时候,且待日后别的需要再用吧。"屡次作如是想,储蓄的理由其实已经改变了,变而为增加储蓄簿上的数目。在这位富翁的生活里,何尝称心得当地用过一回钱呢!

学生在学校里念书做功课,理由是预备将来做人,将来做事,这是成千成万的教师父母们如是想的,也是成千成万的学生们信守着的。换句话说,学生过的并不是生活,只是预备生活。所以一切云为,一切思虑,都遥遥地望着前面的将来,却抹杀了当前的现在。因此,从初级小学校以至高等大学校里的所有一个个生物只能算"学生"还不能算"人",他们只学了些"科目",还没有做"事"。

念书,念得通透了,就去教学生。学生照样地念着,念得与老师一样通透了,也去教学生。顺次教下去,直至无穷。试问,"你们自己的发现呢?""没有。""你们自己享用到多少呢?""没有想到。"这就是一部教育史了。聪明的大学生发见了这种情形,作了一篇题为《循环教育》的文字,若在欢喜谈谈文学的人说起来,这简直是地道的写实派。然而大学教授们看得不舒服了,一定要把作者查出来严办,于是闹成大大的风潮,使各种报纸的教育新闻栏有机会夸耀材料的丰富。大学教授们大概作如是想："循环难道不好么？"

上对于父母，我得做孝子。从身体发福以至立功扬名，无非为的孝亲。下对于儿女，我得做慈父。从喂粥灌汤以至做牛做马，无非为的赡后。这的确是人情，即使不掮出"东方文化""先哲之教"等金字招牌来，也不会有谁跑来加以否认，硬要说对父母不当孝，对子女不当慈。可是，对自己呢？没有，什么也没有。祖宗是这样，子孙是照印老版子。一连串的人们个个是抛荒了自己的，我想，由他们打下的历史的基础总不见得怎样牢靠结实吧。

将来的固然重要，因为有跨到那里的一天；但是现在的至少与将来的同样重要，因为已经立足在这里了。本与末固然重要，因为它们与正干分不开；但是正干至少与本末同样重要，没有正干，本末又有什么意义呢？不懂得前一义的人无异教徒，以现世为不足道，心向天堂佛土；其实只是一种极贫俭枯燥的生活而已。不懂得后一义的人犹如吃甘蔗只取根部与末梢，却把中段丢在垃圾桶里，这岂不是无比的傻子。

过日子要当心现在，吃甘蔗不要丢了中段，这固然并非胜义，但至少是正当而合理的生活态度。

朱佩弦的诗道：
从此我不再仰眼看青天，
不再低头看白水，
只谨慎着我双双的脚步；
我要一步步踏在泥土上，
打上深深的脚印。

一九二五年三月十九日作

魔　　法

　　到民间去！到民间去！阁下是公爵么？侯爵么？贝子么？贝勒么？阁下现在住的是天上的琼楼玉宇，皇家的深宫巍阙么？

　　本来是民众，本来在民间，何所用其"到民间去"？鱼游于水，却号呼着"到水中去"，不是虚伪浮夸的坏鱼么？

　　我知道了，在漂亮地号呼着这句口号的时候，魔法在那里使弄它的神通了。

　　第一套，它幻化成一乘华美的飞艇把你载着，上升上升。你开始还看得清下方人的头顶，继而只看见模糊的黑点，末了是一片混茫，只约略记得其中包含着成千成万的生物。你于是靠着飞艇的绿绒的窗沿悲悯地想，"这是民众，这么扰扰攘攘多可怜！"于是不禁脱口而呼道："到民间去！"

　　一套完毕，再来第二套。它幻化成一所庄严又富丽的宫殿把你留着，周围是葱翠的林木，珍异的鸟儿上下飞鸣，你偶尔从林隙望去，看见路上丧家犬似的人们来来往往，仿佛有一条长鞭子紧跟在背后；或者在你午睡梦醒的时候，听见繁碎的鸟声中混杂着一片"邪许"声，同时又闻到血腥和汗臭。你于是放下半盏清茶悲悯地想，"这是民众，这么扰扰攘攘多可怜！"于是不禁又脱口而呼道："到民间去！"

到民间去做什么？这还待问么？自然是教训他们，指引他们，帮助他们，援救他们了。佛说："我不入地狱，谁入地狱？"总而言之，这就是入地狱主义。老实不客气，鄙人就是我佛。

我佛之与地狱里的小鬼，其间相去何止十八层？一位"鄙人"忽然不次升迁，化为十八层以上的"我佛"，这是魔法的第三套。

虽然一齐喊着"到民间去"，但是下面这种情形也是常情所难免：坐飞艇的往往喜欢找坐飞机的，住宫殿的往往喜欢访住园林的，而我佛总是同罗汉们坐在同一个寺院里。这样，坐飞艇的与坐飞机的，住宫殿的与住园林的，我佛与罗汉们，还不是"咱们一伙儿"么？"咱们"唱得顺口了，自然而然会漏出"他们"来——"他们"是谁？是民众呀。于是一条鸿沟横隔在"咱们"与"他们"中间了，这是人工凿成的，就像巴拿马运河。

原没有彼岸与此岸，却吃饱了没事做，特地凿起一条鸿沟来，然后唱着："到彼岸去！到彼岸去！"这是魔法给你的好处，你如果不以多事为嫌，自然应该感谢的。至于到底能去不能去，当然是另外的问题。依我的愚见，无论你能够造船也罢，能够架桥也罢，总不如自始就不要凿这条鸿沟的好。因为你即使用船只或者从桥上渡了过去，而"此岸""彼岸"的见解已经深深地种在心里，不可磨灭，这就和没有渡过去并无两样；又何况你究竟能不能造船或者架桥，还是个疑问呢。

　　从前人说"正能克邪"；魔法之类总算不得什么正道吧，只要你心地清明，魔法的神通就化成一阵轻烟吹散了。试试看，试试看，先服一颗清心丸。

　　你试想：进学校受教育好比偶然中了彩票，书面和口头的学问就像会场里飘飘地挂着的花纸，彼此的所知所能只不过方面不同罢了，谁也未必多过了谁。这样想的时候，你眼前就没有华美的飞艇，当然不会飞升起来，你只与所有的人一同站在地面上：你就破了魔法的第一套了。

　　你试想：袋里多几个钱无非不动手的窃掠，服用好一点只不过多光顾了几回百货公司，用力气，流血汗，彼此都是半斤八两（说不定你还不及人家呢）。这样想的时候，你眼前不见有庄严又富丽的宫殿，当然你不会独自深居在里头，你只与所有的人一同挤在大街小巷之中：你就破了魔法的第二套了。

　　同时你就不会自认为先觉者，自认为有力者。教训和指引，帮助和援救，都是些大言不惭的欺人之谈，你将唾弃唯恐不尽了。你只会这样想：世界如果是地狱，谁都是小鬼，你也是一名小鬼；直到世界化而为天堂，谁都成了佛，那时候你当仁不让，自然也是一尊佛。——不是又破了魔法的第三套么？

于是你同所有的人全包在"咱们"里头，再没有什么"他们"，你好像一片平原上无数草中的一株，回头四望，青青的，摇摇的，全是你的伙伴。这片平原非但没有鸿沟，简直一条小溪都不存在。你高兴的时候顺着轻风唱歌，就说："咱们住在这里，咱们住在这里！"——决没有"他们住在那边"。

哈哈，魔法完全失败了！魔法的失败，恢复了平常的原本的你。你旅行需要结伴呀，你要生活也得结伴。你所有的、魔法有的伙伴不就是围着你的一切人么？你自然要拉住他们的手，勾住他们的肩膀。手拉得愈紧，肩膀勾得愈牢，还有什么不相协调不相理解的事呢？

这样地拉着勾着，到底是向西天呢还是向地狱，现在姑且不论；但是比起高高地乘着云端里的飞艇，默默地住在深深的宫殿里，以及特地凿起鸿沟，然后站在此岸来望彼岸，至少要不寂寞有意思得多了。可惜的是，清心丸并不容易弄到。

【原载一九二五年五月二十四日《文学周报》】

诸　相

一　"教育家"

仿佛是清道人天台山农之辈写的三个大字，"教育家"像电影字幕似的显现在这个脸上，其闪亮耀眼，也正像电影的字幕。这个脸非常之大，要是与身体四肢相比，就像小孩子画在墙上的那样，脸是大大的一圈，身体四肢只是细瘦可怜的几笔，生在颔下。

在这个非常大的脸的后面，大约有仅仅齐到颈项，有无数藐小的人物，一个个仰望着这个大的后脑勺，他们的脖子伸得很长很长，像一群鸭子。从他们的腋下、腰间、胯下，模模糊糊地，似乎有些更藐小的人物显露出来，像山水画里的隐士渔翁似的，眉目一无所有，这些是"学生"。

我擦拭我的眼睛，定一定神，才能从闪亮的字幕里看清这张脸，觉得这张脸非常特殊，一张嘴占去了三分之二的地位，倘若是粗心一些的人，一定会说这张脸就只有一张嘴。

我听见声音了,是体面的声音?高等的声音?渊博的声音?深奥的声音?科学的声音?道德的声音?……实在也难以细说。我仿佛看见一个个声音从翕张的厚实的嘴唇皮之间滚下来,好像雨天檐头落下来的点点雨水。

嘴唇皮之间滚下来的就这样的丰富,这样的佳妙,要是从头脑中拿出来,心窝里掏出来,那还了得!于是大家拍手赞叹道:"我们有了教育家了——了不得的教育家了!"

在后面仰望着后脑勺的人们自然格外把脖子伸长,直到伸断为止;而眉目全无的学生们经这么一拥挤,一喧嚷,岂但模糊,简直消失得无影无踪了。

二 "知识阶级"

"士君子"不免陈旧了,"知识阶级"却是崭新的名词。提起这个名词,至少会有"望之俨然"之感,仿佛跨进崇高的教堂,不免有点肃然起敬的样子。

要有几斤几两或者几尺几寸的知识,才配站上这一层阶级,我弄不大清楚。这也没有什么要紧。总之,他们知道思想和名词(古昔的和现今的);他们能够把这些思想和名词这样那样地搭配,就像拼七巧板似的;他们还能把这些东西传下去——这大概就是所谓"知识阶级"了。

"他们无知无识啊!他们无知无识啊!"这是常常从"知识阶级"嘴里漏出来的语句。"他们",用来区别于"我们",这是所谓"阶级意识";"无知无识",指不知道思想和名词之类而言,自然是事实;至于"啊"字,不用说是感叹词了。

所以世道人心,文化进程,——担在知识阶级的肩膀上,虽然没有举行过投票公决,知识阶级也就居之而不疑。

任你粗壮结实,种得熟十亩田,织得成十丈布,但是你无知无识,那就对不起,什么也不与你相干。岂但不相干,种熟了田拿来,织成了布拿来,知识阶级不能够饿着肚皮光着身体呀。这也是发明得很早了,所谓"劳心者治人,劳力者治于人"。

可惜,历来掌握治人的最高权力的大都不是知识阶级,其中无赖光棍倒不少,通海以来虽然风气大变了,而此例依然未破,至于修降书,上劝进表,制礼作乐,争论正统歪统等等,这才轮得到真正老牌的知识阶级。修书修得对,上表上得好,诚然是知识阶级之功;而修得不大要脸,上得有点难以为情，过错也断然派不到别人头上。总而言之，知识阶级所称的"他们"是决不在场的。

这就有点类似娘儿们的行径了，拈着绣花针绣幅鸳鸯，剥了瓜子仁排个卐型字，无非给房间里增添些点缀，使老爷感到有趣而已。而端来饭菜奉上衣裳的这种态度，尤其和娘儿们毫无二致。娘儿们的生活是好是坏，各人的看法不同，说她们极端写意，大可羡慕的，固然不是没有，但是说她们等于玩物，简直可耻的，也不乏其人，现在可以不论。我们单就效果讲，类似娘儿们的行径，在老爷府第里表现固然没有什么关系，而在社会上，老实不客气，用不着。社会的房间诚然破陋不堪，但是试问，挂起了知识阶级手绣的鸳鸯就不破败了么？何况鸳鸯之类根本就不是什么有意义的东西。

我们回过来谈谈所谓"他们"吧。不知道思想和名词之类确乎是事实，但是用不着自馁，要知道所谓"不知道"，不是一概不知道，只是不知道"那一部分"而已。既然有"那一部分"，不是还有"这一部分"在么？如力量、活动等等，全都是思想的诸相实际化，靠这些却把社会撑住了。虽然不以此自傲，至少可以心安理得，俯仰无愧。再加修炼自然是需要的，什么事情总该在场参加，一变从前的恬退态度。

　　到那一天,所谓"他们"也者大踏步地一齐站出来,步步着实,坚定有力,定会把娘儿们似的一批人所站的那些阶石踩得粉碎。

　　我觉得其期已经不远。

【原载一九二五年七月二十六日《文学周报》】

别人的话

"照旧"

甲:老兄近来的主张怎样?

乙:外甥提灯笼。

甲:那么"照旧"了。照旧是……

乙:打倒帝国主义!

甲:这是的确的,一个月以前,我已经听见你这样主张了。不但主张,并且喊,我眼见你和着群众一齐喊。

乙:岂止一个月以前,就是一个月以后,还是这样主张。就是一年以后,十年以后,直到世界的末日——这似乎说得过分些,总之,直到我这一辈子的最后一息,还是这样主张!

甲:可以说安身立命,全在这上头了。

乙:岂敢——然而差不多。

甲:这纸包里是什么东西?

乙:一点儿洋纱,给孩子们做衫裤穿。

甲：外国货吧？而且是……

乙：大概是东洋货；但是价钱便宜，图案也不错。我根本就不主张空口抵制外货。假如国货又好又便宜，还等你抵制外货么？

甲：真是一针见血，旁的都是废话。不过……

乙：不过什么？

甲：记得老兄写过一篇文章，题目是《抵制外货是我们最坚强的力量》。那篇文章我觉得痛快不过，真切不过，一口气从头到尾来回念了三遍。

乙：这叫作"题中应有之义"。况且，大家都想到了这一路去，我们执笔的，当然也得顺着潮流这么说说。

甲：说自己心里的话岂不更好么？

乙：老兄未免有点儿迂腐了。难道笔头上谈谈抵制外货就跟打倒帝国主义不一致么？哈哈……

甲：哈哈……

乙：还有，自己心里的话也不是随时随地可以说的，像我，就感到"有泪没处挥"的痛苦。我的主张是打倒帝国主义，然而飘到我耳朵里来的是关税会议，沪案重查，女师大风潮，章行严扮老虎；假如一定要说我自己心里的话，非急得两脚直跳不可。所以……

甲：唉！教育界糟到如此地步，前途不堪设想。

乙：这些枝节问题，有什么可叹的！不要管

它就是了。

甲：教育是枝节？

乙：当然。你要知道，唯有打倒帝国主义才是一个整体，一个完成，一个终极！此外全都是枝节。

甲：是这样么？

乙：毫无疑义。

甲：那么领教了。——老兄险些儿对牛弹琴，哈哈。

乙：幸而老兄及早顽石点头，哈哈。

东　西

哲：你们开口是爱国，闭口是爱国，就跟你们谈谈爱国。

愚：欢迎极了，你先生肯指导我们！

哲：第一要记得：高唱"打倒"什么算不得爱国，排了成千成万的大队游行算不得爱国，乃至砍下手指头写血书，跳下大江自尽，都算不得爱国。

愚：我们爽然若失了。因为你先生所说"算不得"的，我们都曾经做过：我们喊过，我们游行过，他的手指头的伤还没有好，他的哥哥的灵柩还停在江边的小庙里。

哲：那么你们应该回头了。

愚：愿意接受你先生黄金似的教训。

哲：爱国的扼要方法，就是先把你们自己造成功一件东西。

愚：对呵！我们也是这样想。不成功一件东西，譬如破扫帚就扫不了地，碎茶盏就盛不了茶，何况爱国是这么重大的事。

哲：所以外面的刺激增进一点儿，社会的扰攘厉害一点儿，你们就该更加努力抽动你们的风箱，把你们自己鼓铸成功一件东西。你们听见过么？欧洲大战的时候，法国地方头顶上张着铁丝网，脚底下开着壕沟，但是学堂里照常上课，画家还是凝神屏息地对着模特儿。这样前途无量的画家的气象，正是我们的榜样。

愚：怕有点儿不定心吧？

哲：不定心！假如根基这样的浅薄，还配爱国么？

愚：惭愧惭愧。现在我们认清了该走的道路了，旁的都不用管，立定脚跟，先把自己造成功一件东西。

哲：这才对了。你们就此开头吧。

愚：感谢得很，告辞了。——不过……

哲：什么？

愚：在我们成为一件东西之前，这个国家由

谁来爱呢?

哲:这个……

愚:我们一时糊涂,竟说出这样愚蠢的话来,这当然是已经成功的东西的责任咯。

哲:大概如此。

愚:恕我们冒昧,有如你先生,是不是一件已经成功的东西?

哲:岂敢岂敢。

愚:我们又糊涂了。你先生当然是的,还待问么!我们放心了,有你先生在这里。我们回去了。正是"解嘲今何晚,入山昔未深"。

【原载一九二五年十月二十四日《文学周报》】

莫 遗 忘

被遗忘的人比没有被遗忘的人多不知多少倍。我们翻开过去的记载,就看见一个个姓名,看见由这些姓名代表的一个个本体所做的事,于是兴起钦仰、怀念、憎恨、鄙薄等等感情。这些虽然颇不相同,而自以为所知不少,足以自慰,却是必然会有的意念。但是,这就真个"所知不少"了么?试一细思,就知道未必。在通行使用姓名以前,曾经有过多少可以由姓名代表的本体,在通行使用姓名以后,曾经有多少本体连同姓名一齐泯灭了,这是谁也不能确切地回答的。确切地回答诚然不能,但是谁也能想到这一定是个非常大非常大的数目吧。这非常大非常大的数目,有他们的灵魂,有他们的力量,在人类生存的历程中,他们尽了承前启后的责任;或许有一部分还不止于此,他们的努力使人类少走若干弯路,他们的恩泽将遗传到无穷尽的将来。这未必比我们能够记住的那些姓名不重要吧?然而我们遗忘了,遗忘得干干净净,好像从来不曾有过他们似的。

我们还能自夸"所知不少"么？

　　对于往昔不必多论，我们且来说现在。在报章和文件里常常出现的那些姓名和事迹，排印时须用大号字，谈论时须提高嗓音，当然是所谓"要人"和"大事"了。一个人假若不明白这些，那就只有抿紧嘴唇站在墙角里的份儿，因为他"不知世务"。反过来，能够原原本本、如数家珍的，那就是个"通达世务"的通人。这似乎非常公平，通人与非通人均由自取，正如赛跑者的成绩等等，全凭各自的足力。但是我们有时候不免有点儿怀疑，某人的寿宴有某某等伶人的堂会，某人在西湖上吃醋溜鱼大加称赏，也就是腾于口说，遍载报章的材料。从谈说和登载上看，这些当然是"要人"和"大事"无疑了。然而把通晓这些人和事的人称为"通人"，我们却觉得殊难感服。为什么？因为他通晓得太无聊，而不通晓的又太多了。

　　现在同往昔一样，而且将来也还是一样，总有极大部分人从不挂在别人的心头，虽然他们确实出生在这世间。这在别人方面自然觉得歉然，而在不挂在别人心头的人本身却没有什么，苟无名心，尽不妨独往独来。可是更有一部分人，他们是值得让人知道的，而且是应当让人知道的，他们的事业是为自己也为大众；然而他们被淹没了，被毁灭了，淹没他们的是愚昧的浪潮，毁灭他们的是残暴的烈焰。这比偶尔被人遗忘惨酷得多。同样生而为人，竟至于受到不容向人们透露一点真消息的严惩，不能不说是人间最深刻的悲哀！这种悲哀，我们想，凡是勉为"通人"的定必深致同情，而且极愿意知道经过的一切，不惮从水底里去检查遗痕，从灰烬里去剔寻残屑。本来，单只通晓人世的浮面而不能通晓它的阴暗幽秘的部分，是不配称作"通人"的啊。

我们要知道，这世间有些人，为着自己也为着大众的利益而奋斗，所得的报酬却是毒骂和罪名和死。

我们要知道，这世间有些人，并没有犯罪而以罪名死，死了之后，亲旧友朋都不很方便公然说死者是无罪的。

我们要知道，这世间有些人，所干的事业不便于别一类人，忽然失踪了，他们的形体就此消灭于天地之间——大概死了吧，死也不得公然地死！

我们要知道，这世间有些人，为着自身吃着痛苦，正当抗护，便受罪罚；这罪罚又是秘密的，不容谈及，在报纸的角落里都找不到这类消息，因为一谈及就是煽动之罪。

我们要知道，这世间有不为战争而给排枪打

出来的血,凝结在大都市宽广的大路上。

我们要知道,这世间有自己也不知为了什么,却永久被拘囚在牢狱里的人物。

以上说及的这些人,都是被一般人遗忘了或者改装了的。现在我们要知道他们,遗忘当然不至于了,同时也就剥掉了他们被改装的外衣,认识他们本来的真相。这样,似乎可以堂而皇之做"通人"了。其实通不通没有多大关系,得到很多实益却是真的。这些人的人格,这些人的事迹,给与我们的感动是没有限量的。从此,我们可以确定我们的识力,知道应当怎样做人,怎样处世。从此,我们可以调整我们的感情,知道应当怎样去爱,怎样去恨。

莫遗忘,莫遗忘了被圈禁在人世阴暗幽秘的部分的人们!

【原载一九二六年六月五日《光明》(半月刊)】

腐烂了玷污了的

我现在开始要骂了。骂什么？我要骂腐烂了的人心，我要骂玷污了的人格。这种人心这种人格是我们的乡人的。我为他们悲痛，我想：怎么乡人中会有这样的人心和人格呢！但是，悲痛有什么用呢？腐烂了再会完整么？玷污了再会干净么？不会，不会，历千万劫也不会。于是我就决定易悲痛而为骂。骂，老实说，就是表示"深恶而痛绝之"。其作用当然是说给完整的人心干净的人格听的，至于被我骂的听或是不听，倒并不在乎，反正他们的人心腐烂了，他们的人格玷污了，再没有别的希望。

在本刊第二期里，我们曾恳切说明我们不高兴骂人。我们所期望是地方的改善，全体乡人生活的进步。要做到这些，用得到的是道德、智慧、热诚和不断的努力，用不到的是无谓的骂。但是要知道，这是常情恒理，可以概括一般的人和事，却不可以概括异乎寻常的怪人怪事。好好的人心，会自致腐烂，好好的人格，会自取玷污，你想其人其事多么怪？既然是怪，我也就破了常例给他们一顿骂。而且，这些东西正是地方改善生活进步的障碍物，障碍物难道不该攻击么？那么，我的骂就譬如轰然的一声炮，并未违背我们的初旨。

事情是很简单的，恐怕读者不大知道，在此说一说。有些人说，我们办这个刊物是"有所为"的，为的是拿钱。钱哪里来？广州的宣传费。谁是收受者？丁晓先。多少数目？二千几百块。丁晓先拿了当然不好意思独吞，由几个作文的朋友分派。所以，我也是拿到钱的一个。可是，他们没有说我拿了多少，故而现在无法告诉读者。

他们的眼光比泥底下的地鼠还要细，他们的志概比泥潭里的猪还要渺茫。他们相信人生有所作为时，一定是有所为，所为一定是为自己，为自己的肚皮，为自己的地位，为自己的妻子，为自己的什么什么。他们不相信一个人会有谋及大众的志愿，他们不相信自己就包在大众里，大众的福利才是自己的福利。因为不相信这些，看见了不大熟习的事情就不免骇怪。出一种刊物是要出钱的，是要费心思的，而且在这八表同昏的时代，又是要担负一些危险的。他们想："钱，何等可贵的东西，哪有肯白花的？有心思，打打麻雀不好么，为什么一定要作文字来提倡什么改善苏州？危险，那是可怕极了，不为了什么，哪有随随便便就把它担上肩膀的道理？"他们提出了这些疑问，自然要有个解答，以己度人，他们作如是想："那一定是为自己的什么什么了。有了钱，自己的什么什么统可以解决，那么，一定是为的钱了。"于是传出上面所说的那个消息。——你晓得我所悲痛的是什么？我所悲痛的就是他们这样揣测完全表现了他们自己的心理，而这种心理，这样的自私，这样的卑鄙，简直是亡国破家的长养不来子孙的心理！

我不愿意告诉他们，我们的印刷费是你一块钱他两块钱凑集起来的，因为他们无论如何不会相信人世间会有这样的事。我们本来可以把谁出一块钱，谁出两块钱，刊登在本刊以为凭信；但是，卑鄙的心理是什么都想得出的，他们不会说我们故意列出某人某人的姓名作为掩饰么？即使我们同人当着他们的眼，从衣袋里摸出一块两块钱来，他们不会说我们拿了若干若干的宣传费，特意吐出一块两块钱来遮人眼目么？所以我们不想辩白，只认他们自烂良心，自污人格，给他们一顿骂。

他们常常感慨道德沦亡，青年浮薄，似乎世间的直行美德只有他们还保守着。然而，他们偶一妄揣，误传消息，原形就显露了：原来他们是无上的自私者，是不知有群的鄙夫，是金钱座下的奴隶！道德，在哪里？淳朴，在哪里？让这些东西担负社会的责任，社会哪得不腐败！以这些东西做地方的栋梁，地方哪得不消沉！我相信一个社会一个地方要弄得好，须有许多高尚贞固的分子，须有许多阔大精深的人才。那些口里嚷着"道德道德"，而其实是鄙污不堪的东西，没有他们的份儿，应该淘汰，淘汰之后，社会地方才有新生的希望。

　　我们口里不嚷什么道德沦亡，然而幸免自私，言行如一，自以为具有那些东西所没有的一点美德。我们都是青年，不造谣言，不以小人之心度人，自以为比那些东西淳朴得多，而且还不屑与那些东西相比。我们各有一点能力，各有一种职业，虽然他们造我们的谣言，我们依旧可以从劳力所得之中取出一块两块钱来，继续做我们愿意做的事，自以为颇心安理得。——可是我们一点也不自满。我们觉得我们的力量太微弱了，只能出一张评论；我们又觉得我们的诚意太单薄了，并不能感化那些东西，却暴露了他们的丑恶。我们实在非常的不自满，我们口口声声说改善苏州，而苏州还是个萎靡破烂的苏州！

　　末了再说一句，我这些话是说给良心未烂人格未污的读者听的。

【原载一九二六年六月三十日《苏州评论》】

"怎么能……"

"这样的东西，怎么能吃的！"

"这样的材料，这样的裁剪，这样的料理，怎么能穿的！"

"这样的地方，既……，又……，怎么住得来！"

听这类话，立刻会想起这人是懂得卫生的法子的，非唯懂得，而且能够"躬行"。卫生当然是好事，谁都该表示赞同。何况他不满意的只是东西、材料、裁剪、料理、地方等等，并没有牵动谁的一根毫毛，似乎人总不应对他起反感。

反省是一面莹澈的镜子，它可以照见心情上的玷污，即使这玷污只有苍蝇脚那么细。说这类话的人且莫问别人会不会起反感，先自反省一下吧。

当这类话脱口而出的时候，未必怀着平和的心情吧。心情不平和，可以想见发出的是怎么一种声调。而且，目光、口腔、鼻子、从鼻孔画到口角的条纹，也必改了平时的模样。这心情，这声调，这模样，便配合成十足傲慢的气概。

傲慢必有所对。这难道对于东西等等而傲慢么？如果是的，东西等等原无所知，倒也没有什么，虽然傲慢总教人不大愉快。

但是，这实在不是对东西等等而傲慢。所谓"怎么能……"者，不是不论什么人"怎么能……"，乃是"我怎么能……"也。须要注意，这里省略了一个"我"字。"我怎么能……"的反面，不用说了，自然是"他们能……，他们配……，他们活该……"。那么，到底是对谁？不是对"我"以外的人而傲慢么？

对人傲慢的看自己必特别贵重。就是这极短的几句话里，已经表现出说话的是个丝毫不肯迁就的古怪的宝贝。他不想他所说"怎么能……"的，别人正在那里吃，正在那里穿，正在那里住，人总是个人，为什么人家能而他偏"怎么能……？"难道就因为他已经懂得卫生的法子么？他更不想他所说"怎么能……"的，还有人求之而不得，正在想"怎么能得到这个"呢。

对人傲慢的又一定遗弃别人。别人怎样他都不在意，但他自己非满足意欲不可的。"自私"为什么算是不好，要彻底讲，恐怕很难。姑且马虎一点说，那么，人间是人的集合，"自私"会把这集合分散，所以在人情上觉得它不好。不幸得很，不顾别人而自己非满足意欲不可的就是极端的自私者。

这样一想，这里头罅漏实在不少，虽然说话时并不预备有这些罅漏。可是，懂得卫生法子这一点总是好的，因为知道了生活的方法如何是更好。

不过生活是普遍于人间的。知道了生活方法如何是更好，在不很带自私气味的人就会想"得把这更好的普遍于人间才是"。于是来了种种的谋划，种种的努力。至于他自己，更不用担以外的心。更好的果真普遍了，会单把他一个除外么？所以，知道更好的生活方法，吐出"怎么能……"一类的恶劣语，表示意欲非满足不可，满足了便沾沾自喜，露出暴发户似的亮光光的脸，这样的人虽然生活得很好，决不是可以感服的。在满面菜色的群众里吃养料充富的食品，在衣衫褴褛的群众里穿适合身体的衣服，羞耻也就属于这个人了；群众是泰然毫无愧怍的，虽然他们不免贫穷或愚蠢。

人间如真有所谓英雄，真有所谓伟大的人物，那必定是随时考查人间的生活，随时坚强地喊"人间怎么能……"，而且随时在谋划在努力的。

【原载一九二六年九月十二日《文学周报》】

愤 愤

——《小说月报》卷头言

什么都不满意,什么都看不入眼,当然来了愤愤。

愤愤是一条毒蛇,它缠绕你的心,像蔓枝绕树。如果舍不得使用你的力量,那么,徒有愤愤而已,终于愤愤而已。

投入那不满意的看不入眼的事物中间去,勇往直前,像一个冲锋的战士,才能够抓住毒蛇,把它消灭。

用热情与真诚面对生活的人,得到的报酬是充实的生活,犹如打足了气的皮球。丰富的,是他,伟大的,是他。

【原载一九二六年九月十日《小说月报》】

假如我有一个弟弟

假如我有一个弟弟,他在中学毕业了,我想对他说以下这些话,客观地立论的习惯还没有养成,因而所说的只是些简简单单的直觉。

中学生是中国社会里少数的选手,不去查统计,当然不能说出确切的总数;但是只要想到数十年来唱惯了的"四万万同胞",同时把中学生的总数来比较,大概会有"沧海一粟"之感了。

这些选手的入选条件是付得出一切费用,暂时还不需要或者永远不需要靠自己的劳力生活。

他们为了什么目的而入学呢?普通的名目是"受教育""求学问",骨子里是要向生活的高塔的上层爬;知识和学问是生活的高塔,地位和报酬也是生活的高塔,我说向上层爬,并不含有讽刺的意思。

爬到某一层(这就是说中学毕了业),停了脚步想一想,是再往上爬呢还是不?再爬该怎样爬?不爬又怎样?这就来了许多踌躇。

从"沧海"方面说,"一粟"是包括在内的,有问题也只是"沧海"问题的一个子目,但是从"一粟"本身说,却有种种问题可以商论。

所谓再爬不爬等等问题,总括地说就是出路问题。有人说,说"进路"比较恰当;再换一句,就是"往哪里走"。

往哪里走呢?

求学是一条路,任事是一条路,无力长学又没法任事也是一条无路之路,各人的凭借不同,所趋的路当然分歧了。

弟弟,如果你的凭借好,我赞成你升学,你爱好学问,你希望深造,你不仅为学问而学问,还想在人类的生活和文化上添上这么几笔,把它们润色得更充实更完美;我哪有不赞成之理?

如果你不为着这些,却要升学,我可不赞成,你想给自己镀上一层金么?这是一种欺诳的心理,心存欺诳,做出事来必然损害他人,这怎么行!

我曾走进大学,看见选手们颇有在那里给自己镀金的;亲爱的弟弟,我不愿你这样。

你若真个爱好学问,有一层又必须知道,就是现在的社会并不适宜于做学问。这意思说起的人很多,着眼点不一,总之都能抓住真相的一角。

我要你知道这一层,不是叫你就此灰心,袖起手来叹"非其时也",或者说"社会负我"!

我希望你从爱好学问的热诚里发出一股力量,

把社会改得适宜于你一点儿，这当然不是一个人的事，不过你与他人各自尽了一份力量时，就更有把握。

凡具有爱好某一事项的热诚的人都应该这样，才不至于徒存虚愿，否则，志在兼利天下的发明家发明了什么事物，结果只供少数人去享用；两心相印的恋爱者不顾一切，誓欲合并，终于给排斥纯爱的世网绊住了。

你如其想走任事的那条路，我也赞成，成语说"不得已而思其次"；任事并非升学的"其次"，你不必想起那成语，任事也是做学问；做学问的目的无非要成就些事物。

任哪种事呢？列举很难，还是概括说吧。

譬如讲授死书的教师，我不赞成你去当。一代一代的教师讲授下来轮到你，你又传下去，一代一代，以至无穷；一串的人就只保守了几本书，自身并没有成就些什么，生产些什么；你若反省时，一定会感觉无谓的。——这是一例，其他可类推。

譬如电报局邮政局的职员之类，都是社会这一具大机械的齿轮，你若愿意当，不感到什么不满，我也赞成你去当。——这又是一例，其他可类推。

我想劝你去干的，是成就些什么生产些什么

的事，尤其是劳力的事，

无论如何天花乱坠的文明文化，维持生活的基本要件总是劳力的结果，大家需要事用，大家就该劳力；这是简单不过可是颠扑不破的道理。

"我们研究学问，我们担任要务，劳了心了；劳力的事你们去干吧。"这种分工说的狡狯自私的"治人者"的欺人话，各种劳力事之间，那当然要分工。

论理，研究天文学的也该织一匹布，担任什么委员的也该种一块地，因为他们维持生活的基本要件与一般人一样，何况不研究天文学不担任什么委员的你，要想任事，自应拣那些能够成就些什么生产些什么的了。

即就织布种地而论：手工业的织布在现代文明中将被淘汰净尽了，要织布就得进工厂去当职工，而职工是困苦的；种地的事也很困苦，形容起来就是"无异牛马"，这些我都知道。

然而这些事总得由人去做，你若说，似乎犯不着吧，这句话我不爱听；因为你是一个不比所有的人卑微也不比所有的人高贵的人。

那么关于困苦这一层呢？你一定要问了，亲爱的弟弟，我决不至于这样糊涂，竟会叫你低首下心忍受一辈子，像那驮石碑的赑屃一样，而且你身历其境之后，自然会不甘忍受一辈子；那时你必将有所见，根据这所见来改建来变更，是你的权利，改革变更一件事的权利最正当是归到担任这件事的人的手里。

末了，如果你无可奈何只好走上"无路之路"，我当然无所用其不赞成，因为你碰着的是事实的壁。

那时你一定要愤愤，愤愤是应该的，否则真成弱虫了。

但是你为什么愤愤，却须问个明白。

如其说，你有中学毕业的资格而竟无路可走，所以愤愤：这就不怎么妥当。中学毕业岂是你特别优异于人的条件；你只因有所凭借罢了。你的口气却似乎说，别人不妨无路可走，唯有你不该无路可走，为什么唯你不该无路可走呢？——具有商业经验的父兄送子弟入学校，本来就看作一宗买卖；花了本，非但得不到利，结果连本都蚀掉，所以愤愤，自属常情，但是我不希望你运用这种商业经验。

如其说，你是一个要任事的人，而竟无路可走，所以愤愤：这就比较妥当。你这样想，就会和入那无路可走的大群里去，不复自觉有什么特别优异于人的条件；而且你的问题也就是大群的一般问题了。

这个问题于你是很好的功课，你将能精细地

剖析，扼要地解释，社会病态的诊断就将了然于你的胸中；同时你必能给它开个对症的药方，为大群也为你自己。

亲爱的弟弟，我的话很幼稚，又很不具体，我自己知道，我的实力只有这一点儿，我不能说出超出实力的话。如果这些话于你有一毫用处，自是我的欣喜。

【原载一九三〇年七月一日《中学生》】

读　　书

——过去随谈之一

《中学生》主干曾嘱我说些自己修习的经历，如何读书之类。我很惭愧，自计到今为止，没有像模像样读过书，只因机缘与嗜好，随时取一些书来看罢了。读书既没有系统，自家又并无分析和综合的识力，不能从书的方面多得到什么是显然的。外国文字呢？日文曾经读过葛祖兰氏的《自修读本》两册，但是像劣等学生一样，现在都还给老师了。至于英文，中学时代读得不算浅，读本是文学名著，文法读到纳司非尔的第四册呢；然而结果是半通不通，到今看电影字幕还不能完全明白。（我觉得读英文而结果如此的实在太多了。多少的精神和时间，终于不能完全看明白电影字幕！正在教英文读英文的可以反省一下了。）不去彻底修习，达到全通真通，当然是自家的不是；可是学校对于学生修习各项科目都应定一个毕业的最低限度，一味胡教而不问学生果否达到了最低限度，这不能不怪到学校了。

外国文字这一工具既然不能使用，要接触些

外国的东西只好看看译品,这就与专待喂养的婴孩同样可怜,人家不翻译,你就没法想。说到译品,等类颇多。有些是译者实力不充而硬欲翻译的,弄来满盘都错,使人怀疑外国人的思想话语为什么会这样奇怪不依规矩。有些据说为欲忠实,不肯稍事变更原文语法上的结构,就成为中国文字写的外国文。这类译品若请专读线装书的先生们去看,一定回答"字是个个识得的,但是不懂得这些字凑合在一起说些什么"。我总算能够硬看下去,而且大致有点儿懂,这不能不归功于读过两种读如未读的外国文。最近看到东华君译的《文学之社会学的批评》,清楚流畅,义无隐晦,以为译品像这个样子,庶几便于读者。声明一句,我不是说这本书就是翻译的模范作;我没有这样狂妄,会自认有评判译品高下的能力。

　　说起读书,十年来颇看到一些人,开口闭口总是读书,"我只想好好儿念一些书","某地方一个图书馆都没有,我简直过不下去","什么事都不管,只要有书读,我就满足了",这一类话时时送到我的耳边;我起初肃然起敬,既而却未免生厌。那种为读书而读书的虚矫,那种认别的什么都不屑一做的傲慢,简直自封为人间的特殊阶级,同时给与旁人一种压迫,仿佛唯有他们是人间的智慧的笃爱者。读书只是至为平常的事而已,犹如吃饭睡觉，何必作为一种口号，唯恐不遑地到处宣传。况且所以要读书，从哲学以至于动植矿，就广义说，无非要改进人间的生活。光是"读"决非终极的目的。而那些"读书"的先生们似乎以为光是"读"最了不起，生活云云不在范围以内；这也引起我的反感。我颇想标榜"读书非究竟义谛主义"——当然只是想想罢了，宣言之类并未写过。或者有懂得心理分析的人能够说明我之所以有这种反感，由于自家的头脑太俭了，对于书太疏阔了，因此引起了嫉妒，而怎样怎样的理由是非意识地文饰那嫉妒的丑脸的。如果被判定如此，我也不想辩解，总之我确然曾有这样的反感。至于那些将读书做口号的先生们是否真个读书，我不得而知；可是有一层，从其中若干人的现况上看，我的直觉的批评成为客观的真实了。他们果然相信自己是人间智慧的宝库，无所不知，无所不能，得便时抛开了为读书而读书的招牌，就不妨包办一切；他们俨然承认自己是人间的特殊阶级，虽在极微细的一谈笑之顷，总要表示外国人提出来的"高等华人"的态度。读书的口号，包办一切，"高等华人"，这其间仿佛有互相纠缠的关系似的。

【原载一九三〇年十二月《中学生》】

从焚书到读书

人类真是奇怪的动物,生来便有所谓"智慧"。以有智慧故,从最初劳动时或惊骇时所发的呼声,进化而为互通情感的语言,由语言而造出文字,用文字记载事物,便又产生"书"这一类东西。

书,又是奇怪的东西:说它可爱呢,它确能把人类过去从奋斗中所得到的经验和理论都告诉了后来的人,做后来人努力的方向。说它可恶呢,自从它把经验理论告诉了后来人,便使阶级化了的人类社会常常感到不安。

在可恶这一点上,两千一百多年前聪明的秦始皇已经觉到了,他便取激烈手段,索性把藏在民间的书统统付之一炬。

但究竟这手段太激烈,不久便有不读书的刘项,起来把妄想传之万世的秦朝打倒。后来的皇帝更加聪明,他们知道既然有了"书"这件东西,要根本毁灭是不可能的,与其"焚",还不如索性教人家"读",不过"读"要有一定的范围、一定的方法,于是便找出了几种有利于当时社会的支配阶级的理论的书,定名为"圣经贤传",其他诸子百家便是"异端邪说",都在"罢黜"之列,更定下一个"使天下英雄入吾彀中"的科举制度。一般人读了圣经贤传,不难在科举制度下名利双收,否则读着异端邪说的书,便是"非圣无法",可以使你身首异处。那时奖励青年们读书有四句口号道:"天子重英豪,文章教尔曹。万般皆下品,唯有读书高。"

现在科举制度早已废止了,但是科举的精神依旧存在着。

政府的煌煌明令,学者名流的谆谆告诫,都是说"青年应该读书"！读什么书呢？他们没有说,大概便因为有所谓"标准"在,不用细说了。合乎标准的,有文凭可拿,有资格可得。不合乎标准的书籍,便等于从前所谓诸子百家,是异端邪说,教师不敢介绍,书店也不敢刊行,青年们更少有读到的机会了。不过社会究竟在进步,口号和以前不同了:"非圣无法"现在简称为"反动","……唯有读书高"现在一变而为"读书救国"了。

从"焚书"到"读书",方法和口号尽管在变换,精神是一贯的。我们不知道教学生埋头读书的学者名流有否想到这一层。

【原载一九三二年一月号《中学生》】

"今天天气好啊!"

《自由谈》,这是个幻影似的名词。从前秦始皇的时代,两个人在路上碰见了,停了步,谈一句两句话,就犯死罪;谈的什么话是不问的。后来虽然没有这样干脆简单的法令,但是一方面有示范作式的教条,教训人们谈话应该怎样谈;另一方面又有多少条多少款的律文,规定人们谈话不许怎样谈。在这双方钳制之下,哪里有什么"自由谈"?

我们听到的一些谈论,看到的一些文篇,都是苟存在这双方钳制的夹缝里的。不触着这一边,也不冒犯那一边,才得以说出来,写下来,给我们听到看到。如果超过了这个限度,谈论就只好咽下肚去,让它烂掉;文篇呢,劈版,收毁,禁止投递,它的灾难何止一端。于是我们就无缘听到看到了。

环境如此,人们就变得异样机警,非常圆滑。怎样才能在双方钳制的夹缝里转侧自如,成为立言持论的人的必修科目。对于这个科目修习得太到家了，有时候竟会起一种幻觉，把自己所处的关缝收缩得更窄些。试举一个例子，近来北平有许多学者主张定北平为文化城，撤除军备，免遭日本飞机大炮的蹂躏；但是在他们的意见书里，却只含糊地指称"敌人"，绝对不见"日本"二字。他们大概是这样想的：若在这"未雨绸缪"的意见书里交代明白，说为的是日本，未免太使日本难堪了。

　　想谈张君，恐怕张君生心，不谈。想谈李君，恐怕李君动怒，不谈。谈谈甲事乙事吧，又恐怕跟甲事乙事有关的赵君王君不高兴，也只好不谈。于是谈天气。但是说天气不好还是不行，也许会冒犯了冥漠无言的大自然，忽地来一阵烈风暴雨，吹痛了头脑，沾湿了衣裳。"推头着壁"，只有说天气好是唯一妥当的办法。所以，两个人遇见了，往往异口同声地说："今天天气好啊！"

【原载一九三二年十二月一日《申报·自由谈》】

"文明利器"

以前,商店逢到"特别大减价""多少周年纪念"的时候,就雇几名军乐队("乐"字通常念作快乐的"乐")吹吹打打,借此吸引过路人的注意。现在,这办法似乎淘汰了。只在偏僻的小马路上,偶尔还有几家背时的小商店送出喇叭和竖笛的合奏,调子是《毛毛雨》或者《妹妹,我爱你》。过路人知道是怎么一回事,头也不回地走过了。这寂寞的音乐只有屋檐下的布市招寂寞地听着。

现在,上海的商店有了另外的引人注意的办法。即使并非"特别大减价""多少周年纪念",他们也要装一具收音机在当门的屋檐下。好在播音台那么多,从清早到深夜可以不断地收音,他们就一直把机关开着。于是,电车汽车声闹成一片的空间,又掺入了三弦叮咚的"弹词",癞皮声音的《哭妙根笃爷》,老枪喉咙的《毛毛雨》和《妹妹,我爱你》,诸如此类。

但是,这办法也未必真能够引人注意。只在

刚流行的时候，装有收音机的商店前站着几个抬头呆望的过路人。到后来就同雇几名军乐队吹吹打打的一样，你尽管"弹词"《妹妹，我爱你》，过路人还是走他的路。看看店里的伙计，似乎也没有一个在那里听这些"每天的老调"。那么，收音机收了音究竟给谁听呢？这大概只有市招知道了。然而新装收音机的还陆续有增加，好像没有收音机就失了大商店的体统似的。

我家左邻有一具收音机，发音清楚而洪亮，品质大概是不坏的。可是他们对付这家伙的办法太妙了。他们时时在那里旋转那刻度器，老生唱了半句，就来了女声的小调，一曲小调没有完，又来了高亢的西洋喉咙……他们到底想听什么，三四个月来我还不曾考察明白。也许他们的兴趣就在旋转那刻度器吧。否则就在"有"一具收音机！收音机是时髦，人家都"有"，他们就非"有"不可。

又听说上海有好多吸鸦片的人懒得出门，就利用收音机来互通声气。有几个自设播音台，在夜间一两点的时候，从鸦片榻上播音道："张老三，吃过夜饭么？""李老四，明天晚上的麻将局有你，不要起得太迟了。"啊，现代文明的生活！

说"收音机救国"（前天报上登载了吴稚晖君"马达救国"的谈话，我这语式是有来历的）

固然近乎荒诞不经；然而收音机这家伙如果能好好利用，譬如说，用来团结大众的意志，传授真实的知识，报告确切的消息……那么，从社会的观点说，它的价值的确是了不起的。反过来，如果它仅成为"街头军乐队"的代替品，仅成为商店与人家的点缀品，仅成为吸鸦片的人的通信机，传送的又仅是"哭谁的爷""哭谁的娘"之类，试问，社会上又何贵乎有这等"奇技淫巧"的玩意儿？

　　一切所谓"文明利器"，其价值都不存在于本身，而存在于对社会的影响。这可以从两方面看：一，它被操持在谁的手里；二，它被怎样地利用。就说马达。像美国，总算马达很不少的国度了，然而都会的大道上有大队的饥民奏着饥饿进行曲。这就因为所有的马达操持在资本家手里的缘故。假如那些马达也有饥民的份，饥民就不是饥民了。那时候，马达的价值岂止可以"救国"而已？又如飞机。苏联用飞机散播种子，扑灭害虫。这就扩大了人类战胜天然的能力，飞机的价值何等高贵。但是，飞机被用做轰炸机侦察机的时候，除了在军缩会议中斤斤计较的野心家以外，谁还承认它的价值呢？

【原载一九三二年十二月二十三日《申报·自由谈》】

养　　蜂

近年来我国有一种新事业——养蜂。蜂种从意大利买来。据说我国的蜂不曾经过遗传上的选择，不适宜用新法养的。

养蜂可以增益国产，养蜂可以沾光厚利，养蜂的人这么说。这不是群己两利么？这不是理想事业么？于是养蜂的人多起来了。

养蜂原来有两个目标：采蜜和分房。养蜂的人能够用了不同的管理法操纵那班飞行的工人，要他们酿蜜就酿蜜，要他们繁殖就繁殖。而一般的目标大都在后者，就是要他们做传种的工人。

理由是很明白的。意大利种，增益国产，沾光厚利，谁听了不动心谁不想分几房来试试？所以蜂种卖得起钱。卖蜂种还可以营副业。人家买了蜂种，就得使用养蜂的一切家伙，制造了蜂房、巢础、隔王板、卷蜜机等等卖给他们，也可以沾不少的光。

"人同此心"，买蜂种的人的打算和卖蜂种的人的一样，他的事业也是卖蜂种，卖养蜂应用的家伙。大家把采蜜的事情看得无关紧要，也可以说，差不多把蜂能酿蜜这一项常识忘记了。

然而采蜜究竟是一个不该放弃的目标。唯其采蜜，分房才有意义，蜂的数量愈多，蜜的产量也愈多。现在不然，前一回的分房只是后一回的预备，后一回又是更后一回的预备，而并不希望采什么蜜。这样，养蜂就成一种空虚的事业——原说增益国产，实际上却没有"产"，岂非空虚？

可是市场上并不缺少蜜。新式的养蜂家也有长瓶矮瓶盛着蜜陈列在玻璃橱里做幌子。据说这些都是不曾经过遗传上的选择的"国"蜂的成绩。"国"蜂虽然蹩脚，却供给了真实的蜜。

这情形恰同我们的教育事业相像。

前几年有人提出"循环教育"这个名词，讥议教育事业的空虚，大意好像说人所以要受教育，原在受一点训练，学一点技能，预备给社会做一点真实的事，但是教育事业的实况并不然，先前受训练技能的学生后来成为先生，去教诲后一辈，后一辈后来也成为先生，又去教诲更后一辈，结果一辈辈都不曾动手，丝毫真实的事也没有做。这些受教育的无异新式养蜂家所养的蜂，他们是不酿蜜的。

在鼓吹教育价值的言论里，增进生产呀，发扬文化呀，提高生活水准呀，总之，天花乱坠。

而实际只成了"循环教育",一条周而复始的空虚的链子。这无异养蜂家标榜着"增益国产,沾光厚利",而实际只做了卖蜂种的营业。

　　被剥削被压迫的工人农人好比"国"蜂。他们被摈在教育的新式蜂房以外,但是他们供给真实的蜜。无论谁,吃一点蜜,总是他们的。

【原载一九三三年一月一日《东方杂志》】

读　　经

　　六月间，报载广东电讯。粤省政府主席陈济棠提案，各学校应注重读《五经》《四书》，每周至少在六小时以上，……案经省府全体通过后，令教育厅即日遵行云云。
　　上海某报对于这事件特撰评论，有以下的一些话："十五年来，自北大所谓新潮流发生之后，斥经书为死物，詈礼教为桎梏。……于文字则尚白话，而欲尽燔旧时典籍，虽二十四史亦不过一部相斫书。于人生则竞吹解放，孝悌忠信，礼义廉耻，目为洪水猛兽。然行之数年，黉舍中之课艺，求一文从字顺者不可或得；而礼教既倒，共产党乃遍于中国矣。"篇末说："陈氏虽武夫，而此举固未可厚非者也。"
　　这样的电讯，这样的评论，在有些人看来，一定觉得"正中下怀"。青年的心性太活跃了，自由探索的勇气犹如不羁的马。给他们以有形的束缚，他们会跳起来闹什么风潮。给他们以无形的桎梏，让他们的心思才力慢慢地腐败下去，这才不至于出什么乱子。于是那些人的权势得以稳固，天下得以太平，秦始皇所梦想的，他们得以亲身经历。此所以在如今时代，青年又将有"读经"的福分。

"读经"，怎样读呢？当然还是照传统的方法，像画符念咒那样地读。读了之后感到一种神秘的麻醉力，仿佛喝了过量的酒。于是写起文章发起言论来，无不如从前应制的经义：或者作一字一名的钻研，走到所谓"雕虫小技"的"牛角尖"里去。至于行为方面，就不折不扣当那些提倡读经的人的"帮闲"，做维护封建势力的篱笆。这时候，那些提倡读经的人是踌躇满志了；但是，被迫读经的青年却给葬送了！

所谓"经"是什么东西，那些提倡读经的人未必知晓，就是作前面所引的那篇评论的作者又何尝认识得清楚。所谓"经"乃是古代的文化史料。在大学生及专门家，如果研究古代的文化，"经"是必要的对象的一部分。研究者对于研究的对象是取客观态度的，既不奉为神圣，也不"斥为死读经物"，只还它个本来面目。这并不是"读经"。"读经"这勾当与基督教的"查经班"所做的工作大致相当，在研究者是无所用之的。

中等学生并不担负研究古代文化的责任。他们有历史、文学等课程，从这些课程他们会接触古代文化。假如嫌仅仅接触还不够，要他们与大学生和专门家一样，去研究古代文化，对各种"经"下功夫，这已经是责望非人，而且紊乱了教育系统。何况所谓"读经"并不是这个意思，而是要青年去上"查经班"，希望收到麻醉的效果。这不是非常严重的一个问题吗？

　　那个电讯刊出以后，过了若干天，又见报载广东各校即日读经之说，查无其事云云。"查无其事"，我们也并不乐观。这个年头，有人正要把整个教育系统"读经化"呢！

【原载一九三三年九月一日《中学生》】

苏州"光复"

革命,一般市民都不曾尝过它的味道。报纸上记载着什么什么地方都光复了,眼见苏州地方的革命必不可免,于是竭尽想象的能力,描绘那将要揭露的一幕。想象实在贫弱得很,无非开枪和放火,死亡和流离。避往乡间去吧,到上海去做几时寓公吧,这样想的,这样干的,颇有其人。

但也有对于尚未见面的革命感到亲热的。理由却很简单:革了命,上头不再有皇帝,谁都成为中国的主人,一切事情就办得好了。这类人中以青年学生为多。上课简直不当一回事,每天赶早跑火车站,等候上海来的报纸,看前一天又有哪些地方光复了。

一天早上,市民相互悄悄地说:"来了!"什么东西来了呢?原来就是那引人忧虑又惹人喜爱的革命。它来得这么不声不响,真是出乎全城市民的意料之外。倒马桶的农人依然做他们的倾注涤荡的工作,小茶馆里依然坐着一壁洗脸一壁打呵欠的茶客。只站岗巡警的衣袖上多了一条白布。

有几处桥头巷口张贴着告示,大家才知道江苏巡抚程德全换称了都督。那一方印信据说是仓猝间用砚台刻成的。

青年学生爽然了,革命绝对不能满足他们的浪漫的好奇心。但是对于开枪、放火、死亡、流离惴惴然的那些人却欣欣然了,他们逃过了并不等闲的一个劫运。

第二年,地方光复纪念日的晚上,举行提灯会。初等小学校的学童也跟在各团体会员、各学校学生的后面,擎起红红绿绿的纸灯笼,到都督府的堂上绕行一周,其时程都督坐在偏左的一把藤椅上,拈髯而笑。

在绕行一周的当儿,学童便唱那练熟了的歌词。各学校的歌词不尽相同,但大多数唱下录的两首:

苏州光复,草木不伤,直是苏人福。
鸡犬不惊,军令何严肃?
我辈学生,千思万想,全靠程都督。
哥哥弟弟,大家在这里。
问今朝提灯欢祝,都为啥事体?
为我都督,保我苏州,永世勿忘记。
我辈学生,恭恭敬敬,大家行个礼。

可惜第一首的第二行再也想不起来了。这两首歌词虽然由学童唱出,虽然每一首有一句"我辈学生",而并非学童的"心声"是显然的。

　　革命什么,不去管它。蒙了"官办革命"的福,"草木不伤,鸡犬不惊",什么都得以保全,这是感激涕零,"永世"不能"忘记"的。于是借了学童的口吻,表达衷心的爱戴。此情此景,令人想起《豳风·七月》的末了几句:

　　跻彼公堂,称彼兕觥,万寿无疆!

【原载一九三三年十月一日《中学生》】

薪　工

　　我记得第一次收受薪水时的心情。

　　校长先生把解开的纸包授给我说:"这里是先生的薪水,二十块,请点一点。"

　　我接在手里,重重的。白亮的银片连成的一段体积似乎很长,仿佛一时间难以数清片数的样子。这该是我收受的吗?我收受这许多不太僭越吗?这样的疑问并不清楚地意识着,只是一种模糊的感觉通过我的全身,使我无所措地瞪视手里的银元,又抬起眼来瞪视校长先生的毫无感情的瘦脸。

　　收受薪水就等于收受与此相当的享受。在以前,我的享受全是父亲给的,但是从这一刻起我自己取得若干的享受了。这是生活上的一个转变。我又仿佛不能自信,以偶然的机缘,便遇到这个转变,不要是梦幻吧?

　　此后我幸未失业,每月收受薪水,只因习以为常,所以若无其事,拿到手就放进袋里,衣食住行一切都靠此享受到了,当然不复疑心是梦幻。

可是，在头脑空闲一点的时候，如果想到这方面去，仍不免有僭越之感。一切的享受都货真价实，是大众给我的，而我给大众的也能货真价实，不同于肥皂泡儿吗？这是很难断言的。

　　阅世渐深，我知道薪工阶级的被剥削确是实情，只要具有明澈的眼睛的人就看得透，这并不是甚么深奥的学理。薪工阶级为自己的权利而抗争，也是理所当然。但是，如果用怠工等拆烂污的办法作为抗争的工具，我以为便是薪工阶级的缺德。一个人工作着工作着，广义地说起来，便是把自己的一份心力贡献给大众。你可以主张自己的权利，你可以反抗不当的剥削，可是你不应该吝惜你自己的一份心力，让大众间接受到不利的影响。

　　在收受薪水的时候，固不妨考量是不是收受得太少，而在从事工作的时候，却应该自问是不是贡献得欠多。我想，这可以作为薪工阶级的座右铭。我这么说，并不是替不劳而获的那些人保障利益。从薪工阶级的立场说起来，不劳而获的那些人是该彻底地被消灭的。他们消灭之后，大家还是薪工阶级，而贡献心力也还是务期尽量的。

【原载一九三四年九月一日《中学生》】

关于偶像崇拜

今年我国江南旱灾，偶像的崇拜重复流行起来。这种迷信现象的流行，使我们想到我国农民的文化水准的低下。然而，我们不能拿这种现象去单独责备我国的农民的。诸君从乡村来的，一定见到农民是在一次再次戽水终于觉得无效的时候，才开始求天拜偶像的。一位都市的绅士解释禁屠禳灾的理由，说"人力不济，则求诸天"。这话还算是老实话；若就这话来测量文化水准，则可见我国都市中人也还是有不信科学的力量，只信天。

不过，对于农民的崇拜偶像，我们的观察还不能这样单纯。原始人民求天敬神是由于服从自然的单纯的心理；在社会达到了相当文明的时候，这种迷信的发展已经有着人为的作用加进去了。这是怎样说的呢？我们看，从前的专制帝王就要他们的臣民信神信天；他们自称为"天子"，臣民服从了神和天，当然也服从天之子：这是利用对于自然的崇拜作为愚民的一种策略的。迷信的人思想易受限制，他们永不相信自己的力量能征服自然，改造环境，于是专制帝王的愚民政策便得到成功了。现在农民的求天拜偶像，还不脱传统的遗毒，说来是挺可怜的。

我们如果把偶像崇拜的现象再放得广大些来观察，还要有意义。世间的宗教本来都含有相当的哲理的，这种哲理，即使在我们目前的科学文明时代，把它分析起来，还是很有价值的。然而企图利用宗教来愚民的人就只会把宗教迷信化，使人单把宗教的创始者认做神，而不教人去研究宗教的哲理。结果宗教的原有哲理就在这样的偶像崇拜中被牺牲了。比如，孔子是我国古代的最大哲学家，把他的学说加以研究，可以显出我国在周朝时候的哲学思想的发展，那是多么有意义的事。但是自汉以来的许多专制帝王只知愚民，便为孔子造庙、塑像，为他的弟子立神位，使人单在跪拜上用功夫，倒把阐扬孔子的哲理的重要工作抛弃了。偶像崇拜真是要不得的。如果我们现在要研究孔子，一定不会学过去时代的样子，把他看作一个偶像或神，而是把他作为我国古代的一个大哲学家来看待了。

上面这样拉长了谈起偶像崇拜，有着一点中心的意义，就是要使诸君明白：一切的偶像崇拜，对于文化的进步都是有妨碍的。

【原载一九三四年十月一日《中学生》】

说　书

　　因为我是苏州人,望道先生要我谈谈苏州的"说书"。我从七八岁的时候起,私塾里放了学,常常跟着父亲去"听书"。到十三岁进了学校才间断,这几年间听的"书"真不少。"小书"像《珍珠塔》《描金凤》《三笑》《文武香球》,"大书"像《三国志》《金台传》《水浒》《英烈》,都不止听了一遍,最多的到三遍四遍。但是现在差不多忘记干净了,不要说"书"里的情节,就是几个主要人物的姓名也说不齐全了。

　　"小书"说的是才子佳人,"大书"说的是江湖好汉跟历史故事,这是大概的区别。"小书"在表白里夹着唱词,唱的时候说书人弹着三弦,如果是两个人,另外一个人就弹琵琶或者打铜丝琴。

　　"大书"没有唱词,完全是表白。说"大书"的那把黑纸扇比较说"小书"的更为有用,几乎是一切"道具"的代替品,李逵手里的板斧,赵子龙手里的长枪,胡大海手托的千斤石,诸葛亮不离手的鹅毛扇，都是那把黑纸扇。

说"小书"的唱唱词据说依"中州韵"的，实际上十之八九是方音，往往前鼻音后鼻音不分，"真""庚"同韵。唱的调子有两派：一派叫作"马调"，一派叫作"俞调"。"马调"质朴，"俞调"宛转。"马调"容易听清楚；"俞调"抑扬太多，唱得不好，把字音变了，就听不明白。"俞调"又比较是女性的，说书的如果是中年以上的人，勉强逼紧了喉咙，发出撕裂似的声音来，真叫人坐立不安，满身肉麻。

"小书"要说得细腻。《珍珠塔》里的陈翠娥私自把珍珠塔赠给方卿，不便明言，只说是干点心。她从闺房里取了珍珠塔走到楼梯旁，心思不定，下了几级又回上去，上去了又跨下来，这样上下有好多回，后来把珍珠塔交到方卿手里了，再三叮嘱，叫他在路上要当心这干点心；这些情节在名手都有好几天可以说。于是听众异常兴奋，互相提示说，"看今天陈小姐下不下楼梯"。或者说，"看今天叮嘱完了没有"。

"大书"比较"小书"尤其着重表演。说书人坐在椅子上，前面是一张书桌，偶然站起来，也不很容易回旋，可是同戏子上了戏台一样，交战，打擂台，都要把双方的姿势做给人家看。据内行家的意见，这些动作要做得沉着老到，一丝不乱，才是真功夫。说到这等情节自然很吃力，所以这等情节也就是"大书"的关子。譬如听《水浒》前十天半个月就传说"明天该是景阳冈打虎了"，但是过了十天半个月，还只说到武松醉醺醺跑上冈子去。

说"大书"的又有一声"咆头"，算是了不得的"力作"。那是非常之长的喊叫，舌头打着滚，声音从阔大转到尖锐，又从尖锐转到奔放，有本领的喊起来，大概占到一两分钟的时间，算是勇夫发威时候的吼声。张飞喝断灞陵桥就是这么一声"咆头"。听众听到了"咆头"，散出书场去还觉得津津有味。

无论"小书"和"大书"，说起来都有"表"跟"白"的分别。"表"是用说书人的口气叙述，"白"是说书人代书中人说话。所以"表"的部分只是说书人自己的声口，而"白"的部分必须起角色，生旦净丑，男女老少，各如书中人的身份。起角色的时候，大概贴旦丑角之类仍旧用苏白，正角色就得说"中州韵"，那就是"苏州人说官话"了。

说书并不专说书中的事，往往在可以旁生枝节的地方加入许多"穿插"。"穿插"的来源无非《笑林广记》之类，能够自出心裁编排一两个"穿插"的自然是能手了。关于性的笑话最受听众欢迎,所以这类的"穿插"差不多每回可以听到。最后的警句说了出来之后,满堂听众个个哈哈大笑,一时合不拢嘴来。

书场设在茶馆里。除了苏州城里,各乡镇的茶馆也有书场。也不止苏州一地,大概整个吴方言区域全是这种说书人的说教地。这直到如今还是如此。听众是所谓士绅以及商人以及小部分的工人、农人。从前女人不上茶馆听书,现在可不同了。他们在书场里欣赏说书人的艺术,同时得到种种的人生经验:公子小姐的恋爱方式,何用式的阴谋诡诈,君师主义的社会观,因果报应的伦理观,江湖好汉的大块分金、大碗吃肉,超自然力的宰制人间、无法抵抗……也说不尽这许多,总之,那些人生经验是非现代的。

现在,书场又设到无线电播音室里去了。听众不用上茶馆,只要旋转那"开关",就可以听到叮叮咚咚的弦索声或者海瑞华太师等人的二声长嗽,非现代的人生经验却利用了现代的利器来传播,这真是时代的讽刺。

【原载一九三四年十月五日《太白》】

昆　曲

　　昆曲本是吴方言区域里的产物，现今还有人在那里传习。苏州地方，曲社有好几个，退休的官僚，现任的善堂董事，从课业练习簿的堆里溜出来的学校教员，专等冬季里开栈收租的中年田主少年田主，还有诸如此类的一些人，都是那几个曲社里的社员。北平并不属于吴方言区域，可是听说也有曲社，又有私家聘请了教师学习的，在太太们，能唱几句昆曲算是一种时髦。除了这些"爱美的"唱曲家偶尔登台串演以外，"职业的"演唱家只有一个班子，这是唯一的班子了，就是上海大千世界的仙霓社。逢到星期日，没有什么事情来逼迫，我也偶尔跑去，看他们演唱，消磨一个下午。

　　演唱昆曲是厅堂里的事情。地上铺了一方红地毯，就算是剧中的境界，唱的时候，笛子是主要的乐器，声音当然不会怎么响，但是在一个厅堂里，也就各处听得见了。搬上旧式的戏台去，虽然在一个并不广大的戏院子里，就不及平剧那样容易叫全体观众听清。如果搬上新式的舞台去，那简直没有法子听，大概坐在第五六排的人就只看见演员拂袖按鬓了。我不曾做过考据功夫，不知道什么时候才有演唱昆曲的戏院子。从一些零星的记载上看来，似乎明朝时候只有绅富家里养着私家的戏班子。《桃花扇》里有陈定生一班文人向阮大铖借戏班子，要到鸡鸣埭上去吃酒，看他的《燕子笺》，也可以见得当时的戏不过是几十个人看看的东西罢了。我十几岁的时候，苏州城外有演唱平剧的戏院子两三家，演唱昆曲的戏院子是不常有的，偶尔开设起来，开锣不久，往往因为生意清淡就停闭了。

昆曲彻头彻尾是士大夫阶级的娱乐品，宴饮的当儿，叫养着的戏班子出来串演几出，自然是满写意的。而那些戏本子虽然也有幽期密约，劫盗篡夺，但是总之归结到教忠教孝，劝贞劝节，神佛有灵，人力微薄，这除了供给娱乐以外，对于士大夫阶级也尽了相当的使命。就文词而论，据内行家说，多用词藻故实是不算稀奇的，要像元曲那样亦文亦话，总是本色。然而就是像了元曲，又何尝能够句句同口语一般，听进耳朵就明白？况且昆曲的调子有非常迂缓的，一个字延长到了十几拍，那就无论如何讲究辨音，讲究发声跟收声，听的人总之难以听清楚那是什么字了。

所以，听昆曲先得记熟曲文，自然，能够通晓曲文里的故实跟词藻那就尤其有味。这又岂是士大夫阶级以外的人所能办到的？当初编撰戏本子的人原来不曾为大众设想，他们只就自己的天地里选取一些材料，演成悲欢离合的故事，藉此娱乐自己，教训同辈，或者发发牢骚。谁如果说昆曲太不顾到大众，谁就是认错了题目。

昆曲的串演，歌舞并重。舞的部分就是身体的各种动作跟姿势，唱到哪个字，眼睛应该看哪里，手应该怎样，脚应该怎样，都由老师傅传授下来，世代遵守着。动作跟姿势大概重在对称，向左方做了这么一个舞态，接下来就向右方也做这么一个舞态，意思是使台下的看客得到同等的观赏。譬如《牡丹亭》里的游园一出，杜丽娘小姐跟春香丫头就是一对舞伴，自从闺中晓妆起，直到游罢回家止，没有一刻不是带唱带舞，而且没有一刻不是两个人互相对称的。这一点似乎比较平剧跟汉调来得高明。前年看见过一本《国剧身段谱》，详记平剧里各种角色的各种姿势，实在繁复非凡，可是我们去看平剧，就觉得演员很少有动作，如《李陵碑》里的杨老令公，直站在台边尽唱，两手插在袍甲里，偶尔伸出来挥动一下罢了。昆曲虽然注重动作跟姿势，也要演员能够体会才好，如果不知道所以然，只是死守着祖传表演，也就跟木人戏差不多。

　　昆曲跟平剧在本质上没有多大差别，然而后者比较适合于市民，而士大夫阶级已无法挽救他们的没落，所以昆曲的被淘汰是必然的。这个跟麻将代替了围棋，豁拳代替了酒令，是同样的情形。虽然有曲社里的人在那里传习，然而可怜得很，有些人连曲文都解不通，字音都念不准，自以为风雅，实际却是薛蟠那样的哼哼，活受罪，等到一个时令到来，他们再没有哼哼的余闲，昆曲岂不将就此"绝响"？这也没有甚么可惜，昆曲原不过是士大夫阶级的娱乐品罢了。

　　有人说，还有大学文科里的"曲学"一门在。大学文科里分门这样细，有了诗，还有词，有了词，还有曲，有了曲，还有散曲跟剧曲，有了剧曲，还有元曲研究跟传奇研究，我只有钦佩赞叹，别无话说。如果真是研究，把曲这样东西看作文学史里的一宗材料，还它一个本来面目，那自然是正当的事。但是人的癖性，往往会因为亲近了某一种东西，生出特别的爱好心情来，以为天下之道尽在于是。这样，就离开研究二字不止十里八里了。我又听说某一个大学里的"曲学"一门功课，教授先生在教室里简直就教唱昆曲，教台旁边坐着笛师，笛声嘘嘘地吹起来，教授先生跟学生就一同爱爱爱……地唱着。告诉我的那位先生说这太不成话了,言下颇有点愤慨。我说,那位教授先生大概还没有知道,"仙霓社"的台柱子,有名的巾生顾传玠,因为唱昆曲没有前途,从前年起丢掉本行,进某大学当学生去了。

这一回又是望道先生出的题目。真是"漫谈",对于昆曲一点也没有说出中肯的话。

【原载一九三四年十月二十日《太白》】

路

有人来谈话,听见两件关于长途汽车路的事,并不重大,可是值得记下来。

乡下人牵了牛在新筑成的长途汽车路上走过,路松,牛身重,一步一个蹄印。走不多远,给路局或者公司里的人看见了,一把拉住,脸色很不好看。责骂的言语可想而知,无非"为什么把好好的新路踹坏了"之类。乡下人情慌着急,可是也有他的说嘴。他说筑这条路他也有份,大包小包,工钱那么少,路怎能不"搭浆"?"搭浆"的路给老畜牲走过总得有蹄印,不相信,去看田岸就有数。路局或者公司里的人没有心思听乡下人噜噜哧哧的声辩,只说弄坏了东西就得赔偿,眼前不用说别的,数数蹄印好了,一个蹄印四毛钱。乡下人有没有还价可不清楚,总之他一壁嘀咕着"自己筑的路自己走不得",一壁赔了钱了事。当然,再往前走他决不敢走那看来好像坦坦荡荡的公共汽车路了。

还有一个乡下人,他田里的水路给公共汽车

路挡住了。不知道他为什么早一点不说,大概是说也没有人听他的吧。但是田里的干渴实在耐不住,几天不下雨,眼见得稻秆都垂头丧气快要没命了,他终于硬着头皮去对路局或者公司里的人说,路局或者公司里的人的回答倒很中听,说:"这很容易,只要在路底下通几节水泥管子就成。"乡下人千恩万谢地说:"那么,赶快给我通几节水泥管子吧。"路局或者公司里的人算了一算,说:"几节水泥管子该三十多块钱,我们可以给你代办。埋管子可要你自己来,我们的工人没有工夫。"乡下人有没有照办也不清楚,推想起来,他除非让田里的稻活活地渴死,不然,他只有借了债合了"会"或者当了当头来照办这一条路。

金焰主演的影片《大路》里有个雄壮的合唱:
大家一齐流血汗。
为了活命,那管日晒筋骨酸。
合力拉绳莫偷懒,
团结一心,不怕铁碌重如山。
大家努力,一齐向前!
大家努力,一齐向前!
压平路上的崎岖,辗碎前面的艰难。
我们好比上火线,没有退后只向前!
大家努力,一齐作战!
大家努力,一齐作战!

背起重担朝前走,自由大路快筑完。

小孩子小女儿听得高兴,唱唱也满有精神,你也唱,我也唱,这个歌就成为家喻户晓的了。为着生活奋斗,大家团结起来,许多的心就像一颗心,许多力量合成一股力量,只有向前,没有后退,向前面望,好比十层宝塔造到七八层,"自由大路快筑完"了,一种欢喜的心情自然流露出来,"日晒筋骨酸"都不管,"铁磙重如山"也不怕,流吧,流吧,流些血汗算得了什么。这并不是一种虚无缥缈的境界,世界上已经有过先例。要开拓新生活,共同享受,实在是非这样"大家努力"拼命硬干不可的,可是所谓"大家"里头,如果有这么一个两个,在那里顾虑着:将来牵了牛在大路上走还得赔钱,或者担心着自己田里的水路给大路挡住了,这样的歌恐怕就会唱不出来吧。我不知道除了《大路》影片以外,实际上有哪一批筑路队伍唱过这样的歌。

从前沪宁铁路动手测量的时候,我家有一座老坟被划在路线里头,必须迁移。既然找不到力量大的人写信请托,当然只得遵命。我父亲在觅地迁葬种种麻烦中间,不免连声叹气,埋怨那累人的铁路。依我们现在说,坟墓让铁路正是应该之至的事。一家人家占有几座坟墓,把地力白白地浪费,又把山林旧野弄得非常难看,这算什么呢？据说从明年起，再不许私家建筑坟墓了，各地方都得有公墓，人死了就葬在公墓里。如果认真地办，这不能不说是内政上值得赞美的一桩。可是，牵了牛总得走路，田里干了总得灌水，现在想想，那是当然的，就是到将来，也不至于说"这算得了什么"吧。所以，筑了公共汽车路就不许牵了牛走过，又把田里的水路挡住，这并不能同兴筑铁路叫人家迁移坟墓相比，总之是该受非议的。何况给人家的麻烦还有比这些更重大的。那么，横一条竖一条的岂但不是什么"自由大路"，简直可以说是束缚人家的铁链。

有一个肥头胖耳的自备黑牌汽车的朋友告诉我说：现在开了一辆汽车，从哪里到哪里，又从哪里到哪里，差不多可以游历半个中国，从前人断没有这种福气，但看徐霞客，他的游历多么困难。我点点头，心里想，现在人又有几个有这种福气。我们要有各种的路——铁路，航路，汽车路，飞行路，这是天经地义。但是必须能使人人说一声"从前人断没有这种福气"，那些路才真个是所谓"自由大路"。唯有建筑这样的路的时候，合伙工作的一群人才会真心诚意地唱出"大家一齐流血汗"的歌来。

【原载一九三六年一月一日《文学》】

报销主义

一个县官上任不到几天，接到上峰的一道通令，要他调查县境内露天茅厕共有多少，又要他拟具撤除和改良的计划，理由是"以重公众卫生"之类。呈报的限期很短促，这公文大概又在缮写员和收发处那里耽搁了一些日子，送到这个县官手里，算来只有两天工夫了。

这真叫县官上了心事。两天以内，要把全县的露天茅厕调查清楚，就是县公署内全体动员，连厨房茶房都跑出去，也办不了。何况还要拟具撤除和改良的计划。你要因地制宜，处置得当，在一所茅厕旁边不就要消磨好几个钟头吗？

初不料办理县政有这么些麻烦，连茅厕也得过问一下，这个县官不免现出颓唐的神色，同时还说一些"怎么办得了"的怨苦话。

旁边一个第几科科长看了这个初出茅庐的县官的慌张情形不由得要笑出来。看见这样一道通令就要说"怎么办得了"，接到了"限期剿匪""催缴赋税"的公文，不将惊骇得发神经病吗？然而县官到底是他的东家，笑出来当然不好意思，看东家唉声叹气也不是事，"公事"总得要"办"了才行，这个科长就告诉县官这件"公事"应该怎么"办"。

依科长的办法，不要说县公署全体动员，简直连一个调查员都不用派遣。县境内共有多少乡镇，是早就有数的，不待调查。每个乡镇假定它有多少露天茅厕，这不是只消念头一转就可以解决的吗？而且未必见得"不科学"，科学研究也往往利用假定呢。把假定数和乡镇数乘一乘，茅厕的总数就出来了。计划呢？"想当然"也就可以对付。勒令乡镇长撤除若干所，其不便撤除者，应由业主加以整理，以合于卫生为度：这不是个像模像样的计划吗？即使真个站到茅厕旁边斟酌上大半天，想出来的计划也不过如此而已。

第二天，呈报的公文立即发出，比限期抄前了一天。关于这件事，以后再没有下文。公文大概由上级机关归了档，保存起来了。

以上并非说笑话，乃是一个真实的故事。这个县官以后的官运如何，不得而知。揣想起来，他从这件事上得到了启发，一定懂得"公事"应该怎么"办"，当他接到上峰无论什么命令的时候，该不至于再说"怎么办得了"了吧。

行政不能不用公文。不用公文，一些公务人

员就得时时刻刻跑来跑去，关照这一件，报告那一件，多么麻烦。虽说现在各地有了长途电话，不用跑来跑去同样可以关照和报告，可是电话不留痕迹，要留个凭据备他日稽考，还得用公文。不过公文并不是最终目的，最终目的乃是实际的事务。为了要办理事务，所以要发送公文。根据了公文，还得去考核事务有没有办，办得妥当不妥当。一般行政界却把这一个浅显不过的道理忘了，竟让公文跟事务脱离关系，收发和归档就是一切，此外再没有别的事，好像"行政"和"办公文"只是同一意义的两个说法而已。那科长就是这样想的，所以他的办法索性一件事都不去做，只要坐在衙门里发出一封呈报的公文就了事。这种办法，在没有行政经验的人看来，没有不觉得奇怪的。

有了收文簿发文簿，有了档卷，开起会来就有了报告的材料，"截至什么时候止，共收到公文多少件，发出公文多少件"。编起公报乃至年鉴等等东西来，同样可以取之不竭。办交代了，把这些东西交代下去，就是前任的政绩。后任来接手了，把这些东西接到手里，继续"办"下去。所谓行政就是"办"这些东西，这些东西是全部行政的历史。

历史原是由人类造成的，但是靠的是人类实

际的活动，并不靠纸面的文字。现在组织了一个报文的系统，大家专心致志，只在造成文字上的历史。你若问他们干了些什么，他们就抱了一大堆档卷向你报销，"我们干的全在这里了"，仿佛责任已尽，脸色十分泰然，却没有想到实际的历史完全不是这么一回事，没有想到你所问的原来是实际的历史而不是文学上的历史。

我们再来看看教育界，似乎这种报销主义也非常流行，几乎成为一贯的信条。

先说学生。学校教学生念教科书，学生只管念，念了就完事。学校教学生抄各种笔记，学生只管抄，抄了就完事。其实教科书和笔记跟堪以应用的本领之间还有不少距离，读了教科书，抄了笔记，未必就有了堪以应用的本领，必须根据所读的所抄的，再从事事物物上去体察去磨炼才行。现在读了抄了就完事，就学校说，固然可以报销过去了，就学生说，却没有多大好处。

再说学校。学校负着异常神圣的责任把学生接到手里，"养成健全的公民"哩，"陶冶完美的人格"哩，一大套。因为这些项目难以作明显的报销，学校就把它具体化了，让学生读教科书。仿佛正中的公民教科书，加上商务的国文教科书，加上中华的算学教科书……就等于健全的公民和完美的人格。这样，报销起来自然便当得多，读到末了一册的末了一页就是读完了，谁也不会弄不明白。又把学生考试一番，评定了分数或者等第，填上成绩报告书，这更是个真凭实据的报销。至于教科书的内容是否融化到学生的生活中去，分数等第跟真实的知识能力之间还隔着几重山水，这些都跟报销无涉，也就置之不问。

再说视学员。视学员跑到学校里，最注意的是学生足额不足额，表册完备不完备。学生不多和表册不完备往往是一个学校受到斥责的重大罪状。其实学生不来上学，没法到一家家去拉。表册挂满了所有的墙壁，其作用也可以仅等于几幅字画。那么为什么应该受到斥责呢？就斥责你的不懂得报销主义！学生照理要满多少额子，学校照理要造多少表册，你却不足数，怎么报销得过去？至于视学员自己，自然大都是报销主义的信徒。"某学校训练有方，可以嘉许，某学校教法欠妥，尚待改善"，这样写成了视学报告书，在公报上登过一下，原稿归到了档卷里去，他们就问心无愧，到会计处领他们的薪俸去了。

岂止教育界而已，报销主义好像肺痨病，蔓延得非常广泛普遍，几乎随时随地都可以碰到。一个团体组织起来了，章程通过，执行委员举出，以后就没事了：这样的经验差不多大家都有。这除了向大众报销曾经有过这么一个团体以外，还有什么意义？——说是说不尽的，不想再说下去了。可是有一层，若要把一切事办好，总得丢开这种报销主义，即使不能丢得干干净净，也得把它减少到最低限度。

【原载一九三六年十月一日《文学》】

生命和小皮箱

空袭警报传来的时候，许多人匆匆忙忙跑到避难室防空壕里去。其中有些人，手里提着一只小皮箱。小皮箱里盛的什么？不问可知是金银财物证券契据之类，总之是值钱的东西，可以活命的东西。生命保全了，要是可以活命的东西保不住，还是不得活命。带在身边，那就生命和可以活命的东西"两全"了。这样想法原是人情之常，无可非议。

我现在想猜度各人对生命和小皮箱的观念。

也许作这样想吧：既已有了生命，别的且不管，生命总得保住，直到事实上再也不能保住的一瞬间。敌人的轰炸机来了，当前有避难室防空壕，当然要躲到里头去，因为这是保住生命唯一的办法。待听到了一声拖得很长的解除警报，走出避难室防空壕一看，假如满眼是坍毁了的房屋，翻了身的田园，七零八落的肢体，不免点头自慰，生命过了一道难关了。其时看看手里的小皮箱，好好的，没有裂开一道缝，更不免暗自庆幸。有这个小皮箱在,那么一个地下室毁了还有别的地下室,一个防空壕炸了还有别的防空壕,敌人炸到东边,自己可以逃到西边,旅馆总有得住,馆子里的饭菜总有得吃。有得住又有得吃,不是生命仍然可以保住吗?

也许作这样想吧:自己的生命是与别人的生命有关联的,自己的小皮箱是与别人的小皮箱"休戚相共"的。仅仅想保住自己的生命,生命难保;仅仅想依靠自己的小皮箱,小皮箱毫无用处。因此,要保住生命就得推广开来保住"四万万同胞"的生命,要依靠小皮箱就得推广开来依靠整个中华国土这个其大无比的小皮箱。(整个中华国土不是我们的小皮箱吗?)敌人的轰炸机来了,当前有避难室防空壕,自然要往里头躲,血肉之躯拼不过炸弹,这是常识。手头有个小皮箱,自然不妨提着走,化为灰屑究竟是可惜的。但是在听到一声拖得很长的解除警报之后,见到自己的生命和小皮箱都还存在,并不觉得有什么可以安慰庆幸之处,只觉得一种责任感压在心头,非立刻再去操心思,流血汗,干那保住大众的生命,守护其大无比的小皮箱的工作不可。

我只能猜度,不能发掘人家的心。重庆人口头惯说"要得""要不得",提着小皮箱跑进避难室防空壕的人不妨问问自己:哪一种想头"要得",哪一种"要不得"?还不妨问问自己:自己的想头属于哪一种?

【原载一九三八年二月二十六日重庆《新民报·血潮》】

说话与听话

我常常想,说话的人跟听话的人不宜取同样的态度。咱们经常有许多的话,在口头说着,在笔下写出,说过写过就像浮云过太空,不留一些痕迹,不发生一些影响,就因为说话的人取了听话的人的态度,或者听话的人取了说话的人的态度。

说话的人的态度该是"有诸己而后求诸人"。自己也信不过的话,挂在口头说一阵,多么无聊。没有话勉强要说话,想着浪费了的精力就觉得可惜,还不如默尔而息合乎保养之道。尤其是"求诸人"的话,如果"无诸己",内里空虚别扭,说出来怎么会充实圆融?而且说到要人家怎样怎样的时候,想着自己并没有怎样怎样。脸上就禁不住一阵的红,这一阵脸红比挨人家的骂还要厉害,又怎么受得了!

听话的人的态度该是"不以人废言"。说话那个人的出身如何,私德如何,何必问他?你又不跟他交朋友,攀亲眷。你就话论话就是了:话没有道理，当然不用听他，如果有道理，尽可以毫不疑虑的照单全收。他的话或许别有动机跟作用，那倒要辨认明白的。可是，别有动机跟作用的话并不等于不值得采纳的话；如果话的本身有道理，你只要辨认出他的动机跟作用，就可以单受他的好影响而不受他的坏影响。

说话的人时时希望人家"不以人废言"，诚实的，充实圆融的，具有压迫人家的力量的话就难得听见了。听话的人随时用"有诸己而后求诸人"的尺度来衡量人家的话，就觉得这也不对，那也不合，世间很少有值得采纳的话了。现在咱们似乎就在这样的情形之中，所以话很多，实效很少。如果说话的人跟听话的人彼此把态度转变一下，我想，话可以少说许多，而实效可要比现在多得多。

【原载一九四三年六月九日《新民报·晚刊》】

电话代公文

看见报上说,最近与蒙巴顿一同到过重庆的陆军中将索姆威尔曾经打破陆军部的传统,用电话代替公文,以求办事迅速。公文要起稿缮写,要投送邮递,改用了电话,这边说出口,那边听进耳朵,当然迅速得多。我倒不怎么赞叹索姆威尔的追求迅速,我只羡慕他有个可以用电话代替公文的环境。

据我们所知,凡是公文,在发文一方面,手续大致是拟稿、审阅、缮写、原稿归档、录由、发出;在收文一方面,手续大致是录由、签拟办法、拟复、归档。归档是双方必不可少的要项,否则你办公事何凭何据,怎么能够报销?只要档卷齐全,纸面上说怎么怎么办了,就是公事都在顺利地进行;至于实际上办了没有,办了之后的实效又怎么样,那是另外一回事儿,须待"调查员"或"考察团"来过问了。

试问,假如索姆威尔处在这么一个报销主义的环境中,他就是性急如霹雳,能用电话代公文吗?

据我们所知,办公事的要诀是推,就是能够不管的最好不管,由我的机关管,不如让旁的机关管。直到非管不可的时候,当然只好在公文中答应下来;可是答应的话贵在含糊,切忌明确,借此留个后步,以前的幕友,现在的秘书,在"推"和"含糊"上是有一手的,都是好角色,他们的轶事传为政界的美谈。

假如索姆威尔处在这么一个环境中,他准会打出一百次电话办不了半件事,各机关的秘书先生们对付他,不用多费心思,只消回答他说:"你们来了电话,我们可没有接到你的电话。"假如他发脾气,就对他说:"你不用发脾气,你打了电话,凭据在哪儿?"声音自然是不落痕迹的,接电话又根本没法打"收文戳",这么一推,保管索姆威尔两脚直跳。

说索姆威尔打破了陆军的传统,可见用电话代替公文,在美国也还是一件新鲜事儿。美国行政界原先的环境是否如我们所知,我不清楚,可是索姆威尔行得通用电话代公文,现在的环境总之跟我们所知不同了。我想,要讲行政效率,需要创造个可以用电话代替公文的环境,报销主义,推,含糊,必然做不到"迎头赶上"。

【原载一九四三年十二月三日《华西晚报》】

多刺目的两个字啊

——致教师书之一

来信收读了,一个初出茅庐的教师,对于教育不免抱着些美妙的想象,听见在行的同事说,"这儿的学生非用责打不能制服,你得好好保持你的威严",自然会不相信你的耳朵的,你的惊异是无怪其然,就是我,看了你的来信也有些怅怅,因为这儿的教育厅已经三令五申地告诫学校,说训育上不得再用体罚,而你的那个学校仍旧把体罚看作唯一的法宝,使我想得很远,想到人们的理解何以相差得这么多,想到我国教育到底有无改进的希望……结果就来了怅怅。

体罚对于学生心理上会发生什么影响,读过教育课程的人,谁都可以说上一大串,我不想说,我要说的,是你来信中所提及的"制服"这两个字,多刺目的两个字啊!站在利害不同的两边的人,势力较强的一边的人为要维护自己的利益,用种种方法来压倒对方,使对方没法动弹,这就叫作"制服",工厂主对于劳工,帝国主义国家对于殖民地人民,手段或硬或软,各有巧妙不同,归根结底，都不离"制服"这个大题目，可是，教师跟学生，也是站在利害不同的两边，像工厂主跟劳工，帝国主义国家跟殖民地人民一样的吗？我用尽我的智力，无论如何找不出彼此的相同之点来，然而居然用得着"制服"这两个字，可见这两个字在教师的心目中，他自认是跟学生"对立"的了，而且"对立"得那么凶，往极端说，竟与帝国主义国家跟殖民地人民不相上下，既然"对立"了，还有什么"教育"可说？"教育"能在教师跟学生"对立"的情状下进行吗？可惜他手中只有教鞭，只有戒尺，我想，如果他能向军械处领到一挺机关枪，他一定更觉得乐意，会经常地把那机关枪架在训育处门口——一挺机关枪比起教鞭跟戒尺来，更可以把"对立"的学生"制"得服服帖帖。

你说你不愿听从在行的同事的话，举起教鞭或戒尺来"打"学生，你说如果环境使然，非举起教鞭或戒尺来"打"学生不能耽下去的话，你宁愿卷铺盖走路，你这一个不愿，一个宁愿，我都极端赞同，这是准备认真当教师的人的起码条件，为什么说起码？因为像你这样，至少表示你并不跟学生"对立"，而教育的一切施为，必须不跟学生"对立"才谈得上，你若一想到"制服"，一动手"打"，你就跟学生"对立"了，那时候，你的指导跟训诲就蒙上了压迫者跟侵略者的色彩，任你说的是金玉良言，对学生全无实益——他们凭什么要领受你的呢？你说宁愿卷铺盖走路，对，环境迫着你教你非照样做不可的时候，那就表明你不能在那个学校当教师了，自宜一走了事，专任的薪水跟几斗的米虽然可恋，但做事做得成个样儿尤其要紧，不成个样儿而勉强要做，是痛苦也是罪恶。

其实环境也决不会迫着你教你非"打"不可的，你的在行的同事惯用他们的办法，你不妨试用你自己的办法，像你当面朝我说的，你愿意做学生的同伴、哥哥，跟他们一块生活，尽力指点他们，帮助他们，这个话虽用于原则，依此推到实践方面，就有了你自己的办法，学生又不是天生的小流氓小强盗，你好好地做他们的同伴，开诚相与，情同手足，他们又何至于要服你捣蛋？你自己正是当学生不久过来的人，教师对你怎样，你就对教师怎样，在你心中一定有数，一个随时随地为你着想替你帮忙的教师，你肯故意跟他捣蛋吗？即使他偶尔回答不出一个问题，偶尔说错一两句话，你肯就此瞧他不起吗？我相信，当教师的不必装作"万能博士"，也不必装作完全无过的"圣人"，这些虚伪的架子全无用处，只要你跟学生站在一边儿，不跟他们"对立"，你既已悟到了这一起码的可是基本的一点,你的办法必然行得通,你可以做一个成个样儿的教师,你不用担忧,恐怕同事们诽笑你,说你讨学生的好,或者说你害怕学生,学生知能方面由你的努力而得长进,就是你做得不错的真实凭据,万一同事们嫌你破坏他们的例规,跟你不合作,迫得你非离开不可,反正你已经下了决心,"宁愿卷铺盖走路",那时候自有亲近你爱戴你的学生们抱着依依不合之情欢送你,你的卷铺盖走路也就一无愧怍了。

  在我的当教师的朋友中,有两位是最难忘怀的,他们都故世了,一位是吴宾若先生,与我同在一个高小,他当校长,学生犯了过失,或是早晨迟到,或是与人口角,他就把那学生招到面前,细细与他谈话,探问他犯过的原因,指导他补过的办法,有些学生为了害怕或惭愧,往往死不开口,吴先生就又换个端绪来谈,然后回到原旨,非到学生开了口,而且面貌上现出了衷心领受的神色不休,这样一回谈话延长到两三个钟头是常事,吴先生宁愿任饭桶里的饭冷却了,泡些热汤下肚。还有一位是创办立达学园的匡互生先生,他把学生的过失看作他自己的过失,每逢跟犯过的学生谈话,他往往先掉下眼泪来,学生受了感动,有时就与匡先生相对流泪,甚至相对出声而哭,这两位先生的办法,近于"爱的教育"式,属于所谓感情教育,也有些人不甚赞同,因为这样太软性了,不足以锻炼学生强毅的意志,可是,模仿现在流行的说法,他们都是认定"学生第一"的,教育事业既是"为"学生的事业,在认定"学生第一"这一点上,他们总该受人敬佩,我不知在现在的教育界中,认定"学生第一"的究竟有多少人,此刻我写回信给你,提起吴匡两位,意思自然在希望你也认定"学生第一",我记得你当面朝我说的话,我相信不会辜负我的希望。

【原载一九四四年二月二十二日《华西晚报·艺坛》】

几派的训育办法

——致教师书之二

你当教师经历了四五年,当训育主任却是新近的事,你说有没有意见告诉你,给你作个参考,我从来没有当过训育主任,训育该怎么实施,意想中没有一点影子,对于自己的儿女,也不知道该怎么个训法,我实在不能有什么意见告诉你,可是,我常常接近教师跟学生,对于学校里的情形还知道一些,知道之后,心中不免起了反应,有时认为这样很不错,有时认为那样不见妥当,现在就把这些写给你看看,或许对你有些微的用处。

有些教师管训育,抱着个"不许主义",不许嘻嘻哈哈地笑,不许蹦蹦跳跳地跑,不许看小说,不许自己拆收到的信件……这也不许,那也不许,仿佛学生的思想行动没有一种要得的。这种"不许主义"的结果,可以把学校弄得很安静,很严肃,可是安静之中流淌着冷气,严肃之中透露出萧瑟,学生个个像恶姑面前的童养媳,阎王殿下的小鬼,一副被"吃瘪"的形色。学生被"吃瘪"

正是训育的成功,然而没有想到一层,训育的本质并非"吃瘪"学生,学校里固然需要安静与严肃,但尤其需要热气与活力,把学生逼成童养媳与小鬼,藉以换取安静与严肃,这算什么道理?大凡人生经历,习惯既久,便成自然,如果学生习惯于被"吃瘪",一辈子具有童养媳与小鬼的心性,这一笔造孽的账可是训育老师担负得起的?并且,你要"吃瘪"学生,学生未必就老实被你"吃瘪",堤防筑得超严紧,溃决起来水势越汹涌,这就来了学校风潮,通常见解总以为闹风潮是学生的过错,但是在"不许主义"的训育之下的风潮,所有过错是否都该归罪学生,是值得考虑的。

有些训育老师恰正相反,守着"无为而治"四个大字,早晨升旗的时候,学生七零八落,唱起国歌来,参参差差,有气没力,他们不管,学校生活太无聊了,学生闷得慌,有的从教室中溜了出来睡懒觉,有的索性坐在茶馆里吃闲茶抽烟卷儿,他们不管,社会引诱力太强大了,学生不免艳羡,也结交了三朋四友,谈谈"飞机"经络,弄一枝手枪耍耍,他们不管,他们一只眼睛开,一只眼睛闭,一个耳朵开,一个耳朵闭,只要事情不逼到面前来,或是摆在面前而可以转过头去避开,他们就一概作为不见不闻,这是最省事的办法,无为而治,落得安闲清净,可惜仔细想想这个"治"字，就有些未能释然，学校里要够得上个"治"字，至少每个学生的生活都得上轨道，进一步，更要使每个学生的生活逐渐上进，逐渐充实，像你这样不见不闻，任学生过着懒散的腐败的生活，你的无为固然做到了，可是学校的治又在哪儿？

以上说的两派训育老师，做法虽然相反，却有一点相同，他们的训育都是消极的，现在再谈谈积极的，有些老师特别相信训话的功用，以为自己口里说出什么事，学生耳朵里就听进什么去，而且一听就明白，就记住，就运用到思想行动方面去，他们每逢纪念周，朝会，各种各式的集会，从不肯放弃训话的机会，一训就是一个两个钟头，至于他们的材料，常常是些抽象的道德节目，八字德啊，四字校训啊，十二字守则啊，讲到礼，就反来复去注释这个礼字，发挥这个礼字，讲到义，就反来复去注释这个义字，发挥这个义字，他们的训育是积极的，他们要学生好，希望学生接受这些道德节目，这毫无疑问。可是，他们没有想想，喋喋不休的训话与抽象的道德节目，对于学生的思想行动到底会有多少影响，大凡在教育学心理学方面稍稍有些研究的人，都相信思想行动的成长，必须随时随地，就事事物物上养成习惯，才有可能。说到养成习惯，就决不是听听训话就可以了事的事，第一，必须实践，第二，必须持之以恒，不能实践了一回两回就丢掉。现在专重训话，不很顾到实践，未免把训育看得太简单了，并且，本该就事事物物上养成习惯的，现在却只用抽象的道德节目，学生听了礼啊义啊的一大套，只觉得迂远难行，与自己的生活联不起来，结果，学生的一言一行还是表不出诚敬，辨不明是非，与没有受过什么教育一样，这就可见这一派的做法也有毛病。

另外还有一派注重实践，常常提出一些道德节目，在一个时期内作为训育的中心，教学生身体力行，他们于是标出"仁爱周""和平周"等名目来，在"仁爱周"里，大家要与同学师长相爱，要爱惜花草，要爱护小动物，甚至一个蚂蚁也不可踩死；在"和平周"里，大家要好好相处，你问我"你好啊"！我得回你一句"你也好"！相骂打架当然要不得，最好相见的当儿，未开言先陪一副笑脸。这样的训育似乎无可批评，可是我常常见一些"一曝十寒"的情形，这就有了问题，"一曝十寒"的情形怎样呢？譬如"仁爱周"过去了，事情就此完毕，往往不说一个蚂蚁，就是作弄一个同学，使他摔跤撞倒，以致头破血淋，也不当一回事了。前面说过，养成习惯必须持之以恒，现在想在一个什么周内养成什么习惯，试问能不能收到实效？咱们知道咱们的说话、走路、爱父母、守公德等等习惯，都不是从这种"一曝十寒"的办法养成的。做一个人，确乎需要各种的好习惯，好习惯积累得越多，其人的生活越上进、越充实，像上面说的"一曝十寒"轮流串演的办法，却说不上养成习惯，更说不上积累习惯。

我开头朝你说，"有时认为这样很不错，有时认为那样不见妥当"，现在看看上面写的，都属于不见妥当的一方面，很不错的方面一点也没有说。老实说了吧，开头我这么说，只是顺着语气之自然，按实际说，很不错的却不大有，也许有是有的，可是我没有看到，或者我的观察不精，思索不周，因而看不出来，我想单说了不见妥当的一方面，也未尝不好，你如果以为我的话有几分是处，就会在前面所说的几派以外，自己去寻求实施训育的办法，我与你不客气，不妨直说，你自己寻求得来的办法未必就对，但是前面所说的几派的毛病，你总可以不犯了，这一点消极的作用，是我仅能贡献给你的。

你寻求有得，希望随时告知，我虽然不在教育界，可是很乐于知道学校里有一个认真尽职、真能使学生受益的训育主任。

【原载一九四四年三月一日《华西晚报·艺坛》】

据理论而言

最近某大学招考新生,国文作文试题是《防民之口甚于防川论》。很有些应试的同学解错了题目,作出来的文字牛头不对马嘴,传说开来,大家又攒眉蹙额,认为学生国文程度低落又得了个实证。其实这未必能算什么实证。高中毕业,不一定读过《国语》里那篇厉王止谤的文字,是一。什么"甚于什么"的句式,在熟习文言的人自然易于相机解悟,遇到这一句,就会领会"甚于"的意思是"其危险甚于",但对文言不大熟习的人就办不到,是二。所以,毛病还在于出题目的先生太喜爱引用成语了,如果换个《言论自由论》或者什么,意思差不多,应试的同学作出文字来,该不至于牛头不对马嘴吧。

现在不想多谈作文试题,只想就"防民之口甚于防川"这句话说说。周厉王施行暴戾的政令,引起了国人的诽谤。大概周厉王自己并没有听见外面的那些诽谤,忠心耿耿的邵公就告诉他说:"外面诽谤流行,可见民不聊生了。"厉王不是什么圣王,自不免与一般皇帝同样脾气,只知道责备人家的错处,不知道反省自己的错处。他觉得国人的胡说八道,实在迹近捣乱,就叫卫巫检举那些诽谤的人,一律杀掉。诽谤果然停止了,民间是一片沉默。厉王快活之极,不免向邵公夸耀他的有办法。邵公却更着急起来,说了一大篇话,他的要旨就是"防民之口甚于防川"。

邵公这个话,明明是为厉王着想的。他的话仿佛这么说,你厉王做的有如阻挡河流的工程,一朝河水溃决,会把你一切都淹掉冲掉,也就没有了你。所以这个办法,在你最不合算。你要避免这样大的损失,只有换个聪明的办法,也就是合算的办法,"宣之使言"。可惜厉王让不知什么东西迷了心窍,没有听从邵公的忠谏,结果是"三年乃流王于彘"。

按史家的说法,这到底是上古时代的故事了。至于现在,什么法西斯主义,什么纳粹政治,已经激动了人类的公愤,人类正在竭尽了智慧,牺牲了生命扑灭它们,因为如某先生所说,民主制度在今天不仅是一种政治制度,而且是一种人生哲学。据理论而言,现在不会有"防民之口"的厉王了;试想,在民主制度之下,谁的口要谁防?谁的口容谁防?据理论而言,现在也用不着说什么"防民之口甚于防川"的话了;试想,既没有厉王那种角色，又为谁着想，对他进这番忠谏？这儿还得重说一声，以上是据理论而言。

在民主制度之下，除了触犯刑法的言谈而外，无所谓诽谤。大家开口说话，动笔写文字，如果涉及公众的事，积极方面无非是建议，就是说这件事应该这么办；消极方面不外乎指摘，就是说这件事不该这么办：都不是诽谤。就动机而言，建议显然是希望把事办好，指摘虽然有破有立，也出于一腔认真的心肠，希望把事办好：都和徒然抱怨徒然泄愤的诽谤不同。民主制度的时代该是诽谤绝迹的时代，因为大家是和衷共济的一伙儿；其中没有个厉王，自然没有那些诽谤的国人。——这又是据理论而言。

在和衷共济的一伙中间，建议和指摘都该是大家乐于听闻的。大家正在寻求最好的办法，有个建议提出来，也许就是那最好的办法吧，自然竭诚欢迎。大家又在检点彼此的错失，唯恐不自觉察，群己双方都吃了亏，有个指摘提出来，也许正中那错失的要害吧，更将虚心听受。在这样情形之下，是何等美善的境界啊！人与人之间，联系着的是情，是天下一家的情，人与人之间，联系着的是理，是唯求至当的理。社会的进步与康乐，当然不待细谈。

决不会有人讨厌建议。讨厌建议的人往往是

包办一切，师心自用的人。他以为他的办法是至美尽善，无可更改，谁对他建议，就等于说他的办法欠美欠善，这是卸他的招牌，拆他的衙门，他所不能忍受的。

在民主制度之下，谁也不能包办一切，谁也不容师心自用，当然没有人讨厌人家的建议了。决不会有人讨厌指摘。讨厌指摘的人往往是身有惭德，胆怯情虚的人。他明知自己有若干缺点，可是利害观念限制着他，既鼓不起改革的勇气，又希望遮遮掩掩，不要让人家知道，即使做不到不让人家知道，总望人家不要挂在口头，当面给他个难堪，而所谓指摘刚刚与这种意愿相反，所以他情不自禁，不能不讨厌，在民主制度之下，大家办的是公众的事，计较利害也只有公众的利害；个人自不能绝对没有错失，但出发点既在公众，也就"君子之过如日月之食"，无妨公开。家丑不可外扬哩，授敌对者以可乘之隙哩，在这儿都无须乎顾虑，因为跟在后头的是"更也人皆仰之"，错失纠正过来了，"丑"就转而为"美"，即使有什么敌对者也就无隙可乘。情形如此，还有谁讨厌人家的指摘？

在民主制度之下，非但无所谓诽谤，也无所谓争取言论自由（分开来说，就是建议自由与指摘自由）。打个譬方，如今世界上，无论穷的富的，村的俏的，总算都能够吸收到他所需要的一份空气，也就无所谓争取呼吸自由。有人嚷着争取言论自由，就证明其时行的不是民主制度。至于有人说"防民之口甚于防川"的话，其时行的当然更不是民主制度。就是喜欢翻案立论的史学家，大概也不会说周厉王当时行的是民主制度吧。

一九四四年八月一日

暴　露

暴露，我不知道为什么要不得。

通常说的暴露，该不与揭发阴私、攻击个人同其意义。至少在文艺家的心目中，他设想的对象是整个的社会，社会若有什么毛病，经他看出来了，他就像医师发现了人体的毛病一样，不能不宣告出来。这就是暴露。在宣告出来的当儿，他也许连带提供治疗的方案，也许只指出毛病的迹象和根源，让大家来研讨治疗的方案。无论如何，他的暴露是存着一腔悲天悯人的心肠的。

《诗序》解释个"风"字说，"言之者无罪，闻之者足以戒"，我以为正好移作暴露的解释。就动机而言，或者就后果而言，暴露都不犯刑法上的罪名。这是所谓"言之者无罪"。暴露出来的那个毛病，犯着的也许是我，也许是你，也许是咱们一伙儿。不知道有毛病，当然不着急，谁听说有毛病，谁就会提起神来，想尽种种方法，务必去掉那毛病。这是所谓"闻之者足以戒"。

刚强磊落的人如果犯了什么毛病,该不怕暴露,因为他唯恐自己有毛病,暴露正可以使他迁善改过。"子路人告之以有过则喜"(见《孟子·公孙丑上》),就是为此。民胞物与的人自己不犯什么毛病,就也不会厌恶人家的暴露,因为他有己溺己饥的胸襟,从人家的暴露中间,他可以知道那"溺"与"饥"的底细,当然只有欢迎,不会厌恶。我们读了历代的描绘时弊的好作品,不免慨然深念,也可以算个例证。虽然我们不至于这样狂妄,便自认为民胞物与的人。

厌恶暴露的人似乎可以推阿Q作代表。阿Q头皮上有几处癞疮疤,当然是缺点,可是没法掩盖,他就发明了个"讳"字诀,"讳说'癞'以及一切近于'赖'的音,后来推而广之,'光'也讳,'亮'也讳,再后来,连'灯''烛'都讳了。一犯讳,不问有心与无心,阿Q便全疤通红地发起怒来,估量了对手,口讷的他便骂,气力小的他便打",一切厌恶暴露的人的手段离不了阿Q的方式,讳,对于犯讳的骂或者打。

代阿Q设想,你嫌头皮上癞疮疤难看,就该去找美容院的技师想办法,或者换上一块头皮,或者栽上一些头发。你不这么干,即使"讳"字诀克奏全功,可是癞疮疤依然存在,未庄的人谁不看见?

遏止了暴露,就以为天下太平,社会美满,那是愚人的想头。杨震回答纳贿的对手道:"天知,神知,我知,子知,何谓无知?"(《后汉书·杨震传》)这个话最为通达,其意就是俗语说的"若要人不知,除非己莫为"。暴露的文字和言语可以遏止,可是事实既经成立,就不容抹掉,也就无法教人不知道。事实本身的存在就是一种最有力的暴露。

至于文艺家,他并不是新闻记者,他的责任原不在报告事实的种种迹象。不过他看见了不如意的种种迹象,因他的理解与怀抱,不由不悲天悯人,由近思远。于是取其精华,去其糟粕,把他观察所得用文艺形式表达出来。虽然厌恶他的人就将跳起来说:"这是暴露啊!要不得!"或者更用什么力量来遏止,他却宁可惹人家的厌恶,在遏止得最凶的时候宁可搁笔,决不肯违心地说些吉祥言语,讨人家的喜欢。假如违心地说些吉祥言语,讨人家的喜欢,他就是清客,是帮闲,不成其为文艺家了。

真正到了天下太平、社会美满的时候,表现在文艺家笔下的自然气象全异。但在从现实的迹象取精去粕,用文艺形式表达出来这一点上,还是没有两样。依广义而言,那也未尝不可以叫作暴露。

粗浅地打个比喻,暴露犹如镜子的现形,是美是丑,在乎事物本身,不关乎镜子。

暴露,我不知道为什么要不得。

一九四四年八月四日

论"长官认错"

在第三七七期《国讯》上读到张云峰、史志敏两位先生的通信，他们都谈到行政长官在参政会里认了错，以后就没有明白的下文，不免使人惶惑。行政长官在参政会里认错，确是今年的新花样，有些人觉得这是难能可贵的，就起了珍爱之情，很说些赞扬的话。其实认错了所以可贵，在乎跟在后头有改过的一步。不讳言自己的错失，见得磊落光明，跟着改正自己的错失，见得精进不懈：这才是大丈夫行径。若是见对方来势不佳，四周环境欠好，逼不得已认个错，讨个安稳下场，这就是阿Q精神，毫不足取，值不得加以赞扬。

史志敏先生提起"长官们的认错，查办，究竟是良心上的觉醒呢，还是技术上的进步"？我认为这可以不必考求，考求了于事无补。咱们急须追问的是：他们干事干坏了，负不负道德上跟行政上的责任？往后干下去是不是再要错？这儿的前一问是究及以往，后一问是究及未来。倘若回答说不负道德上跟行政上的责任，那不行。或者说干下去保不住再要错,也不行。行政官是什么?无非是民众的代理人,他们代替民众处理种种公共事务,他们不能够作这样毫没有道理的回答。咱们也不要他们作口头的书面的回答,咱们要看实在的施为。实在的施为才是真凭实据,口头的书面的话语尽可以说得好听而不兑现。

可惜参政会诸君没有作这样的追问,我觉得参政会里的提案太多了,其中很有些近乎迂阔无当。若是通过一个提案,怎样使行政官员负起已往错过的责任,并且保证未来不再有错失,那倒是扼要的办法。现在参政会里没行这样的提案,也不要紧;咱们可以发动舆论,务须使行政官在认错之后有个明白的下文,言论自由是咱们的权利!要说就说,不要顾忌什么。公共事务不是闲事,该管就管,不要存心姑息。大家这样做,就是一股强大的力量。咱们的代理人遇着这股力量,自会渐渐学好。

现在政治的腐败,是继承着历代的官僚政治而来。现时官僚管理的事务更多,方面更广,所以腐败得更厉害,几乎超过了以往各代。咱们把行政官看作咱们的代理人,这是民主政治的看法,是与官僚政治绝不相同的看法。看法变了,没有什么实益,最要紧的是实际上也完全变过来。要实际上完全变过来,当然不很容易。按说早就应该变过来了，可是因循复因循，一直到今天，这不能不责备咱们自己的懈怠。现在敌人内侵更急，豫湘桂各省连遭挫失，在惨痛愤慨之中，追索主因，才觉悟官僚政治必须消灭，民主政治必须建立。这好像迟了些，可是并不迟，只要咱们真有力量。"我欲仁，斯仁至矣"，咱们要民主政治，没有谁能够阻挡的。

一九四四年十月四日

知识分子

有些研究历史的人说我国的传统政治是"中国式的民主",他们的论据是:我国的传统,政府中的官吏完全来自民间,既经过公开的考试,又把额数分配到全国各地,并且按一定年月,使新分子陆续参加进来,由此可见我国政府早已全部由民众组成了。

"民主"这个词儿来自西方,不是我国所固有,咱们也不必考据这个词儿的语源,大家心目中自然有个大致共通的概念。总之,咱们决不把通过考试的办法选出一批人来做官叫作民主,就像咱们决不把一家老板开的店,因为选用了张三李四等人做伙计,就认它是公司组织。在传统政治上,做官只是当伙计。伙计之上有个老板在,就是皇帝。汉唐盛世也罢,叔季衰世也罢,皇帝总是"家天下"的。他行仁政,无非像聪明的畜牧家一样,给牛羊吃得好些,好多挤些奶汁。他行暴政,也只是像败家子的行径,只顾一时的纵欲快意,不惜把自己的家业尽量糟蹋,结果至于家破人亡。皇帝而能"公天下",站在民众的立场,为民众的全体利益着想,那是不能想象的事。如今咱们心目中的民主却是真正的"公天下",全体民众个个是老板,成个公司组织,决不要一个人当老板,由一批伙计来帮他开店。那些研究历史的人也知道,要是把我国的传统政治认为咱们心目中的民主,那未免歪曲得过了分,自己也不好意思,因此只得勉勉强强加上"中国式的"四个字,以便含混过去。至于他们为什么要这么说,说得委婉些,可以借用《庄子》里所说的,"夫子犹有蓬之心也夫"。说得直接些,就是他们想做官,为了想做官,宁可违犯几个月以前发布的《审查图书杂志条例》中"不得歪曲历史事实"的条款。

　　放过那些研究历史的人不谈,且来谈谈做官。自古以来,做官好像是知识分子的专业,固然很有些官儿并不是知识分子出身,但是知识分子的共同目标就是做官却是事实。换句话说,就是要找个老板,当他的伙计,帮他的忙。"孔子三月无君则皇皇如也",你看他找老板的心情何等迫切。像孔子那样的人物,虽然时代不同,不会有现代人心目中的民主观念,可是由于他的仁心,不能不说他心在斯民。然而他如果真个找到了个信用他的老板,就不能不处于伙计的地位,为老板的利益打算，至少不得损害老板的利益。而那老板的利益与民众的利益是先天矛盾的，那老板是以侵害民众的利益为利益的。所以"致君尧舜上"只成为自来抱着好心肠的知识分子的梦想。尧舜当时是否顾到民众的全体利益，史无明文。咱们只知道一般历史家的看法，尧舜而后再没有比得上尧舜的皇帝。梦想不得实现，于是来了"不遇"的叹息，来了"用舍行藏"的人生哲学。这是说，没有老板用我，我找不到个合适的老板，我就不预备当伙计就是了。那当然与老板毫无关系，他只是我行我素，照样以侵害民众的利益为利益。

做官也着实不容易。做官做到宰相，一人之下，万人之上，总算到了顶尖儿了。而且，在前面所说那些研究历史的人看来，宰相制度是"中国式的民主"的最好表现。他们说在明朝以前，宰相是政府的领袖，皇帝的诏命非经宰相副署，不生效力，于此可见皇帝并不能专制。然而，单看汉朝一代，丞相因为得罪而罢黜的，被杀的，自杀的，就有不少。皇帝这个老板是很难侍候的，规谏他过了分，逢迎他不到家，都有吃官司的可能。俗语说"伴君如伴虎"，实在不算过分。所以二疏勇于早退，传为千古美谈。某人终身不仕，值得写在传记里，好像是一件了不起的事。这不是说他们看透了皇帝的利益与民众的利益矛盾，故而不屑当皇帝的伙计，去侵害民众的利益，只是说他们比一般知识分子乖觉些，能够早早脱离危险，或者根本就不去接近危险罢了。一些高蹈的诗歌文章大抵是从这样来的。元朝人写些曲子，极大一部分表示看轻利禄的思想，骨子里只是说明了在异族入侵的时代，皇帝的伙计更不容易当，或者你想当也当不上。

　　知识分子似乎没有做皇帝的。历代打天下的与篡位的，都不是知识分子。这因为知识分子没有实力，他注定是个伙计的身份。既然注定当伙计，即使他胞与为怀，立志要为民众的全体利益打算，碰到老板这一关，就只好完全打消。张横渠的"四句教"道，"为天地立心，为生民立命，为往圣继绝学，为万世开太平"，可以说是志大言大了。前三句不去管它，单看第四句，他说要为万世开太平。什么叫太平？依咱们想来，该是指民众都得享受好的生活而言。民众不是空空洞洞的一个概念，是张三李四等无数具体的人。好的生活不是空口说白话，是物质上以及精神上的享受都要确确实实够得上标准。试想，张三李四等无数具体的人的物质上以及精神上的享受都要确确实实够得上标准，这样的太平是皇帝和他的伙计们所能容许的吗？这样的太平真个"开"了出来的时候,还有皇帝和他的伙计们存在的余地吗?所以"四句教"只能在理学家的口头谈说,心头念诵,而太平始终开不出来,历代的民众始终在苦难中过活。

能够帮助皇帝的是好伙计。皇帝要开道帮他开道,要聚敛帮他聚敛,要提倡文术就吟诗作赋,研经治史,要以孝治天下就力说孝怎样怎样有道理,这些人所得的品评虽然未必全好,可是在当时总可以致身显贵,不愁没有好的享受。然而与民众的全体利益都没有什么关系,因为他们根本没有从民众的全体利益出发,他们只是帮了皇帝的忙。你看,司马光编了一部史书,宋神宗赐名《资治通鉴》,"资治",不是说这是皇帝的参考书吗?司马光当然是个好伙计。还有王安石,他的新政没有能够推行。而今人却认他为大政治家。现在不问他是不是大政治家,单问他计划他的新政,到底为宋室打算,还是为民众的全体利益打算?想来也只能说他是宋神宗的一个好伙计,而不是代表什么民众的利益的吧。你要做官,不论做得好做得坏,只能站在皇帝的一边。站在皇帝的一边,自然不能同时站在民众的一边。武断一点说,我国历史上就不曾有过站在民众一边的官。

用考试的办法选出一批人来做官,当皇帝的伙计,就说这是民主,那是小孩儿也骗不动的。

不料偏有人要想骗这么一骗，真可谓其愚不可及也。

时代过去了，皇帝没有了，国家的名号也换过，改称民国了，可是看看教育界的精神，还是在那里养成一批伙计，看看大部分的知识分子，还是一副伙计的嘴脸。这倒不是民主能不能实现，民众能不能做成老板的问题。到机缘成熟的时候，就会来这么一个激变，那时候，该实现的实现了，要做成的做成了，只有知识分子守着传统的伙计精神，以不变应万变，却是绝对没有安身立命的余地的。

【原载一九四四年十二月《抗战文艺》】

塞源节流

年来物资艰窘,供应机构乃设为"塞源"与"节流"两法以应付社会,今以棉花为例(举例而已):

塞　源

乡农运棉入市,可得五百元一斤之市价。但官定价格为二百元,于是棉商尽量收藏,造成无货应市之状态;官方次一步手续,即为严格检查登记,结果农村改种其他植物,而塞源之效大著。

至于走私资敌,则塞源政策之副作用。

节　流

领服装者向供应机构造册请领时,其手续之繁重与表册之琐细,当推为全世界最难办之公文。

第一,书册不尽如式,退还重造。

第二,再不如式,再退还,例如章子盖歪一

个,再退再造。

第三,合式矣,呈司,司转署,署发司,司发科,科呈司,司呈署,署发另一司,另一司发科,科发股,股拟稿呈科,转司,转署,画"行",印发,发库,库核复,再呈署,署交司,司交科,科交股,股又签科……循环无已,至少要四五个月之后,领服装者始可得到一纸通知,但具领又另有手续。

再待一个月后,天气热了,棉衣也不需要了。

领服装的人员已精疲力竭,叹了一口气道:"我不领了!"

这是节流!

【原载一九四四年十二月二十七日《新民报·晚刊》】

谈"求饶"的效果

上月十九日重庆《大公报》登载一篇社评,题目叫作《为国家求饶!》呼吁官僚们不要再"混",国难商人们赶快洗手,还有非官非商亦官亦商的人们及早忏悔,痛改前非。主要一句话,国家再也经不起这批人的腐蚀,愿望这批人饶了国家吧。放下口诛笔伐,改用乞恕求饶,舆论微弱到这般地步:实在可怜已极。而执笔者的那种用心,希望激动那还没有灭尽的天良,为国家保存些微元气,是谁都深表同情的。

我们不妨想想,这三种人看了那篇社评将怎么样?一班小学生中间有几个惹了祸,老师知道了,恐怕伤了那几个的自尊心,不给指名训斥,只在班上笼统地说一说,坏事做不得啊,人格要保重啊,诸如此类的一套。那几个听了,也许是欠缺敏感,只是东张西望,以为老师骂的是邻座的同学。也可能灵机感通,知道老师骂的正是他们自己,但是老师既然没有点出谁的名儿来,也就乐得当作不知道,低着头咬嘴唇,剥指甲,把当时的场面敷衍过去。至于从此悔改，那是在《爱的教育》那种小说里才会有的事儿，实际上呢，那几个还不是退出课堂就忘得一干二净，有惹祸的机会还是要惹祸？我想，那篇社评说到的三种人看了那篇社评，情形大概与那几个小学生一样。

并且，这三种人都是太会计较的人，计较的标准是实实在在的私利。如果你说，即使为私，也得在为公之中才能彻底达到，不求兼善，也就做不到什么独善，他们就会笑你弄些词语的玄虚，抱着可笑的理想主义。他们只知道法币是牢靠的目的物，美金比法币更牢靠，吃些好的用些好的是实实在在的享受，自己享受了还要顾到十七八代的子孙，总得想方设法保证他们能有同等的享受。天良，太迂腐了；国家民族，太空洞了。为了这些放弃实实在在的私利，除了傻子谁肯干？这是一种计较。还有一种计较，他们想，如果自己耳朵软，心肠好，听了他们的呼吁，真个革面洗心，真个饶了国家，是不是人人都一样呢？如果这个也不改，那个也不变，改变的只我一个，那时候眼看同伙们捞的捞，摸的摸，享受的享受，岂不是国家仍旧没有被饶，而我却吃了实实在在的大亏？多我一个，未必就坏了事，少我一个，我就吃着实实在在的亏，还是不要上当，一仍旧贯的好。——两种计较合在一块儿，呼吁的效果不等于零也微细得很了。

　　发霉的东西要在适于发霉的环境里才会发霉。我们中国在抗战严重的阶段，偏偏有这么些发霉的家伙，霉得这么广阔，这么彻底，这么具有沾染不霉的人物的强盛势力，一定是我们中国原是个适于发霉的环境。单就官僚一种人来说，我想，历代的官僚政治就为官僚布置了一个适于发霉的环境。什么是官僚政治？实际上是帮助统治阶级压榨老百姓，形式上是上行下效，等因奉此。帮助压榨，自然不妨顺便捞摸一把，等因奉此，叫他不"混"又能怎样？名为民国，而官僚会大量的发霉，其故就在于此。真正的民国必须由老百姓当主人，官僚还是要的，可是必须站在老百姓一边，所作所为完全为老百姓服务。挂名的民国转变到真正的民国，头绪当然多，而铲除官僚政治是最紧要的头绪。这是制度方面的问题。所以"民主"两个字不是一种口号，一种符咒，而是急切需要实现的一种制度。民主政治实现了，适于发霉的环境不再存在了，官僚就不会发霉到如今模样，舆论又何至于向发霉的官僚求饶。

　　大家在中学时代熟读了曾涤生的《原才》，把渺茫的希望寄托在"一二人"身上，又相信孟子"人皆有四端"的话总该有些道理，于是苦口婆心，好言好语，恳求猎户放下屠刀。心思不能说不好，可惜实际上不是这么一回事。要根绝那些发霉的家伙唯有改革制度，把我国从来没有实现过的制度建立起来，让老百姓真个当起主人来。一般人喜欢侈言革命，骂人家反革命，好像究竟谁革命谁反革命没有标准似的。其实标准很具体，绝对维护老百姓的利益，定下切实的办法，贯彻于坚强的行动，就是革命，否则就是不革命甚至是反革命。在革命之声盈天下的今日，我这么说该不至于犯什么忌讳。

【原载一九四五年一月一日《新民报·晚刊·元旦特刊》】

我们的话

有人说,三百六十行,哪一行不好干?为什么偏要弄文艺?

是的,偏要弄文艺。

你们咬定牙根说偏要,必然有所为。

当然有所为。人有脑筋,不能不想。人活在群众之中,不能不把自己纳入群众之中一起想。想到什么,不吐不快。吐出来要用顶好的方式,于是弄文艺。我们为的就是这个。

帮闲凑趣,歌功颂德,沽名钓誉,骋才鸣高,为了这些弄文艺的,以往有,如今也不是没有。可是我们不为这些,也不消说时代不同了什么的,总之我们不为这个。

人家爱听些吉祥言语,我们可不是信口开河的媒婆,说不来。人家盼望在纸面上见到天下太平,我们可不愿意写什么"乌托邦"。人家讨厌一些真实的话,因为揭露了他们的本相,妨碍了他们的利益,我们可不管,只要见得真实,想说就说。当然,真实的话不限于这一方面。如果有功可歌，有德可颂，我们还是要歌颂，这歌颂同样是真实的话。我们要为将要死去的撞葬钟，也要为将要出生的唱"新生之歌"。

我们别无顾虑，单顾虑认识不够，因而所说的话不够真实。为了这一层，我们要随时学习，随时磨炼，直到老死。

我们还要反省。文艺还没有在群众之中发生大作用，原因在哪儿？如果在我们这方面，或因内容空虚，像个泄了气的皮球，或因形式别扭，像个不协调的曲谱，就得加紧修炼，改弦易辙。如果在读者那方面，或嫌口味不对，或嫌格调不合，也足以促使我们改进。怀着一腔真实的话向人说，好比捧着一件珍贵的礼物送人，总望他接受下来，心里才舒服。为了希望读者接受下来，除了真实两个字不容走动而外，自该有些斟酌损益。这斟酌损益就是我们的改进。

至于说环境不好，所以不能产生好东西，不容产生好东西，所以文势在群众之中影响还微弱，这些话当然不错。然而从另一方面想，如果绝对相信这个话，就此低下头来，袖起手来，那就等于向不良的环境缴了械。文艺通常被比作武器，环境越坏，武器越不该放手，越要把它磨得锋快。从前有些科学家，用他们发见的真理与不良的环境斗争，有被囚的，有被杀的。然而他们胜利了，他们发见的真理终于化而为一般人的常识。弄文艺的虽然不敢妄自夸大,也不必妄自菲薄,那些科学家的那种勇气,我们可能有,那些科学家的那种胜利,我们也可能有。

今天是一年的开头,据说在我国,今年将比以前更为艰难困苦。我说这一番话,愿意与同心的朋友共勉,也愿意向一般的读者请教。

【原载一九四五年一月一日《华西晚报》】

吃 空 额

军队里的大弊，吃空额是一项，大家都知道了。方今军政役政正在改善，依理说，从前的积弊可以去掉。到底去不去得掉，咱们等着瞧吧。

同样的大弊也发生在学校里，我不知道是否大家知道。教员有空额，校工有空额，为的是钱。学生也有空额，为的是米。我当然没有亲自去调查，我也没有调查人家的资格。可是有好些个当教师的朋友告诉我，这是千真万确的。如果做这一行买卖的假痴假呆，摇头否认说："哪里有这回事"！我要请他们照照镜子，看看自己的尴尬的脸色。如果教育行政人员一只眼开，一只眼闭，打起官腔来说，"大概不至于吧"，我要请他们问问自己，到底是在做白昼梦，还是没有喝酒假装醉。

吃空额的人不配当校长，主持教育，犹如吃空额的人不配当军官，带领军队。理由何在不必说，稍稍有点儿常识的人都能够说上一大串。

【原载一九四五年一月十二日《新民报·晚刊》】

政 治 家

　　尝思此日而为政治家,其人必先为教育家,而所谓教育家,又必实符其名,非如徒拥校长教授之号,妄操训诫讲述之役者。

　　彼名实相符之教育家,决不视学子为土坯,可以抟塑随心,亦不拟学子于空瓶,唯事灌注充塞。固知人各有能,始于孩提,因势利导,则其能如木抽条,如水导流,畅然沛然,莫之能御。又知习成于群,群积自人,非善群无以养良习,习弗良即为群之玷。而己之所务,端在善导其能,利养其习于善群之中。不忮不求,不为助长,纯任自然,若无所施者。教育家不当若是乎?彼固不欲有所蕲,有所取,而唯以役于学习,为之辅佐为乐者也。

　　谓我国弗宜民主,此古德诺袁世凯之言,人皆审其荒谬。谓民主之施,宜先之以训政,此孙先生之言,教育家之心也。然而教育家不出世,恒人每忘役于学子之义,其视学子,不徒为土坯,为空瓶,其且为刍狗,为牛马。经年累月,学子乃恍然而悟,既未可望于教育家,何尝不可空无依傍,自力求之?于是自学之声洋溢乎中国矣。

【原载一九四五年一月十七日《新民报·晚刊》】

再谈政治家

昨谈政治家，以为宜如教育家。今复思之，政治家又可拟之导演。

吾人临剧场，莅影院，心赏演艺，低头赞叹；而于导演，初不睹其身影，亲其謦欬。然获观此佳绩，首宜致感夫导演。彼于全剧本事，知之最审，旨趣所在，亦揣摩周至，不遗毫末。编者之撰脚本也，虽已摄其灵思，表为具象，犹若仅存躯体，待赋精魂；经导演之匠心，而后精魂充满，百骸皆活矣。

匠心之运，尤在简择演员，配制景色。何人宜饰何角，何角宜表何情，其能事固擅于演员；而抉而发之，推而出之，咸出导演之炯识。乃至一言一动一颦一笑之微，罔不由导演之衡鉴，而悉中矩矱。景之于情，恒为衬托，情景互生，夙为艺事所尚。故画师工匠，或绘背景，或造器物，期其至当，皆属导演为之考核。而布设之位次，灯光之明晦，亦莫非导演为之案断。其他诸人，凡与于剧事者，固将各司其职，各竭其能；而纲维在握，六辔如濡，则导演之巧也。导演而无能，乌睹所谓佳剧也哉？

　　以演剧喻为政，虽似弗庄，实颇切近，而具情繁赜，为政乃百倍于演剧。降及现代，自民生日用，公众建设，以迄学术文化，端绪之多，几于不可数计，要皆出以分工，治以专才，故现代之政治家，去君师益远，与导演益近。导演胜其任，则佳剧登场，斯为盛治。导演徒虚名，则混然淆然，直同儿戏，而治绩莫睹矣。

【原载一九四五年一月十九日《新民报·晚刊》】

四个"有所"

有所爱,有所恶,有所为,有所不为。

四个"有所"联成一串儿。

兼爱是个理想。在还有善恶正邪的差别的时代,不能不"偏爱"那些善的正的。同时就得恶那些恶的邪的。若不恶那些恶的邪的,就是并没有爱那些善的正的。如果恶的一边恶得不强烈,也就是爱的一边爱得不深切。爱了恶了,只是意向方面的事儿,如果不发而为行为,与没有这些意向并无不同。所以要有所为。为,就是把爱的意向恶的意向发而为种种行为,在种种行为上表现出来。行为方面干得愈积极愈有劲儿,就是爱的意向愈深切,恶的意向愈强烈,而且,这才不枉有了这些意向,是真正有了这些意向。同时,凡是与这些意向违反的事儿自然不愿干,不屑干。当前是些所爱的人,却去欺侮他们,给他们吃些苦头,肯吗?明明是件所恶的勾当,却昧良违心地干去,肯吗?这就是有所不为。

所以说,四个"有所"联成一串儿。

行为决定于意向。意向，就是爱与恶，要求其得当，先得辨别善恶正邪，不至于错失。怎么才能不至于错失呢？

就人来说，无论善恶正邪，大家总喜欢自居于善的正的一边。譬如当今时代，革命算是善的正的了，不像前清末年那样算是反叛，要杀头，就谁都喜欢自居于革命的一边。跟人家不大合意的时候，不免想骂几句，就说人家不革命，或者反革命。这当儿，到底谁革命，谁不革命，谁反革命，不是好像很难辨别吗？

这不过好像很难而已，实际上并不难。所谓革命，无非要摧毁那些束缚人压迫人的制度？钳制那些欺侮人剥削人的人，使大家得以在自由平等的新天地中做人，过日子。这个说法假如没有错儿，那么，无论是谁，他口头嚷着革命没有用，他到底革不革命还得看他的行为来判断。如果他干的是摧毁和钳制这方面的事儿，同时对于建设自由平等的新天地尽一份力，他就是革命的。如果他袖起手来，既不干摧毁和钳制这方面的事儿，也不在建设那方面尽什么力，他就是不革命的。如果他非但不摧毁，还要拥护那些束缚人压迫人的制度，非但不钳制，还要亲自当个欺侮人剥削人的人，他就是反革命的。这不是很容易辨别吗？

以上就辨别人的善恶正邪而言。对于一切事

物,也如此。

我们是人,辨别一切事物的善恶正邪,与辨别人的善恶正邪一样,也以人为根据。肠子里帮助消化的细菌是好的,病菌是不好的;足以发电的瀑布激流是好的,洪水险滩是不好的;帮助他人成功立业是好的,帮助他人为非作歹是不好的;说一句算一句是好的,信口开河、说谎欺人是不好的。诸如此类,无非就对于人的利害而言。

我们人又必须合群,离开了群就无所谓人生。所以利害不能单就个人看,要就许多许多人合成的群看。欺人,说谎,贪赃,枉法,囤积,高利贷,仗势霸占,把人当牛马,专制,独裁,诸如此类,对于干这些事儿的人是有利的,但是对于其他的人,人数或少或多,范围或小或大,总之是有害的,也就是对于群是有害的。因此之故,这些事儿都是不好的,应该归到恶的邪的一边去。交通发达,世界各地的距离越来越近,各地人物质上与精神上的联系越来越密切,这时候,群的范围不限于一个民族,一个国家,全世界的人就是一个大群。就对于大群的利害看,毫无疑义,侵略主义与法西斯主义应该归到恶的邪的一边去,即使是日本人或德国人,也应该把它归到恶的邪的一边去。自然,这不过举例而言。

有利于群,是好的,有害于群,是不好的。

这个话虽嫌平凡而且抽象,却极扼要。据以辨别一切事物的善恶正邪,也就虽不中不远矣。

辨别既明,意向——就是爱与恶——自然不至于不得其当。意向得其当,发而为行为,自然不至于有多大错儿。

于是,有所爱,有所恶,有所为,有所不为。

一九四五年一月二十七日

谈成都的树木

前年春间，曾经在新西门附近登城，向东眺望。少城一带的树木真繁茂，说得过分些，几乎是房子藏在树丛里，不是树木栽在各家的院子里。山茶，玉兰，碧桃，海棠，各种的花显出各种的光彩，成片成片深绿和浅绿的树叶子组合成锦绣。少陵诗道"东望少城花满烟，百花高楼更可怜"，少陵当时所见与现在差不多吧，我想。

登高眺望，固然是大观，站在院子里看，却往往觉得树木太繁密了，很有些人家的院子里接叶交柯，不留一点儿空隙，叫人想起严译《天演论》开头一篇里所说的"是离离者亦各尽天能，以自存种族而已，数亩之内，战争炽然，强者后亡，弱者先绝"，简直不像布置什么庭园。为花木的发荣滋长打算，似乎可以栽得疏散些。如就观赏的观点看，这样的繁密也大煞风景，应该改从疏散。大概种树栽花离不开绘画的观点。绘画不贵乎全幅填满了花花叶叶。画面花木的姿态的美，加上留出的空隙的形象的美，才成一幅纯美的作品。满院子密密满满尽是花木,每一株的姿致都给它的朋友搅混了,显不出来,虽然满树的花光彩可爱,或者还有香气,可是就形象而言,那就毫无足观了。栽得疏散些,让粉墙或者回廊作为背景,在晴朗的阳光中,在澄澈的月光中,在朦胧的朝曦暮霭中,观赏那形和影的美,趣味必然更多。

根据绘画的观点看,庭园的花木不如野间的老树。老树经受了悠久的岁月,所受自然的剪裁往往为专门园艺家所不及,有的竟可以说全无败笔。当春新绿茏葱,生意盎然,入秋枯叶半脱,意致萧爽,观玩之下,不但领略它的形象之美,更可以了悟若干人生境界。我在新西门外住过两年,又常常住茶店子,从田野间来回,几株中意的老树已成熟朋友,看着吟味着,消解了我独行的寂寞和疲劳。

说起剪裁,联想到街上的那些泡桐树。大概是街两旁的人行道太窄,树干太贴近房屋的缘故。修剪的时候往往只顾到保全屋面,不顾到损伤树的姿致,以致所有泡桐树大多很难看。还有金河街河两岸以及其他地方的柳树,修剪起来总是毫不容情,把去年所有的枝条全都锯掉,只剩下一个光光的拳头。我想,如果修剪的人稍稍有些画家的眼光,把可以留下的枝条留下,该可以使市民多受若干分之一的美感陶冶吧。

　　少城公园的树木不算不多,可是除了高不可攀的楠木林,都受到随意随手的摧残。沿河的碧桃和芙蓉似乎一年不如一年了,民众教育馆一带的梅树,集成图书馆北面的十来株海棠,大多成了畸形,表示"任意攀折花木"依然是游人的习惯。虽然游人甚多,尤其是晴天,茶馆家家客满,可是看看那些"刑余"的花树以及乱生的灌木和草花,总感到进了个荒园似的。《牡丹亭·拾画》出的曲文道"早则是寒花砌,荒草成窠",读着很有萧瑟之感,而少城公园给人的印象正相同。整顿少城公园要花钱,在财政困难的此刻未必有这么一笔闲钱。可是我想,除了花钱,还得有某种精神,如果没有某种精神,即使花了钱恐怕还是整顿不好。

一九四五年三月五日

独善与兼善

古人谈立身处世,有所谓"穷则独善其身,达则兼善天下"的说法。穷并不是说没有钱用,没有饭吃,而是说得不到时君的看顾,就是不能够得君行道。那时候只好自顾自,勉力做个好人,这叫作"独善"。达是穷的反面,就是让时君看上了,居高位,做高官。那时候你有什么抱负可以施行出来,使民众得些好处,这叫作"兼善"。古代的知识分子,除开那些没志气的不说,单说那些极端有志气的,他们只能在穷啊达啊独善啊兼善啊两条路上走一条,没有第三条路可走。因为从前所谓天下是皇帝的私产,谁要对天下做什么事务,必须得到皇帝的任用,至少也要得到皇帝的默许,否则就无法做,硬要做就是违碍,非遭殃不可。譬如著书立说,启迪民众,也算是一种影响到天下的事务,如果你循规蹈矩,不违反皇帝的利益,皇帝就默许你,由你去著书立说,不来管你;如果你要说些不利于皇帝的话,皇帝就不能默许,于是焚稿,劈版,杀头,戮尸,种种的花样都来了。你觉得如果碰到这一套挺麻烦，就只好把要说的一番话藏在肚肠角里，隐居山林，诗酒自娱，实做个独善其身。眼见生民涂炭，天下陷溺，也只好当作没有看见，哪怕你心热如焚，实际上还是形冷如冰。从来真有志气的人往往不得志，看他们写些诗文，往往透露出一腔牢骚，其故就在于此。再说那些达的，可以举历代得位当政的一班政治家为例，他们未尝不做些好事，使民众得些好处，但是也不过像牧人一样，好好看顾牛马，无非为了主人，使主人可以多挤些牛马的奶汁，多用些牛马的劳力罢了。无论他们怎样存心兼善，民众还是离不了牛马的地位，如果认定牛马的地位说不上什么善，那么"兼善"简直是空话。说句幼稚的话，古代要行兼善只有皇帝才行得通，他若不把民众放在牛马的地位，他就兼善了。但是，不把民众放在牛马的地位，他皇帝怎么做得成？有那样的傻皇帝吗？至于知识分子，注定的只好独善，没法兼善。并且，要能独善，总得有田存地，有吃有穿。得到那些供给，或由祖宗遗传，或由自己弄来，似乎毫无愧怍；可是踏实一想，无非吸了牛马的血汗，与皇帝大同而小异。那么，独善果真是"善"吗？看来也大有问题。

到如今，皇帝的时代过去了，所谓天下是民

众的公产。对于这份公产，大家自己来管理，大家共同来管理。就自己管理而言，见到民主的精神。就共同管理而言，见到组织的重要。"四海之内皆兄弟"的情感，在从前是只属于伦理的，如今因为共有一份公产，从实际生活上见到彼此的相需相关，伦理的之外又加上经济的，关系的密切简直达到没法分开的地步。在这样的情形之下，事情干得好大家好，干不好大家糟，没有什么独善可言。也可以这么说，即使你喜欢独善，也得通过兼善才做得到真个独善。如今时代与从前不一样，如今是独善兼善混而不分，而且非"善"不可的时代了。如今无所谓穷，唯有知能不足，不懂道理，办不了事，那才是穷。那样的穷，独善兼善都谈不上。如今也无所谓"达"，懂得道理，办得了事，独善兼善双方顾到，也不过是尽了本分，没有什么所谓"达"的。虽然没有什么所谓"达"的，兼善却万万不可放松。如果一放松，你就是拆了大家的台，使大家吃亏。并且大家之中有个你在，也就是使你自己吃亏。自己吃亏是最为显而易见的，除了傻子谁愿意？

以上的话虽属抽象，对于如今的知识分子却有些关系。本志的读者是中等学生，在知识分子的范围里，所以我们要在这儿谈这个话。我们以为如今的知识分子固然要继承从前的文化传统，但是继承必须是批判的而不是盲目的,值得继承的才继承,否则就毫不客气,抛开完事。关于立身处世的传统,像"穷则独善其身,达则兼善天下"的说法,就非抛开不可。若不抛开,就将一塌糊涂,做不得民主国家的公民。你讲"穷""达",无异承认社会上有个排斥你赏识你像皇帝那样的特权阶级,而这个特权阶级非但不该有,假如实际上有也要把它打倒,如何能加以承认呢?你讲"穷则独善,达则兼善",无异说你有燮理阴阳,治民济世的人才,你没有看清如今做事,为自己也为大家,为大家也为自己,并没有一种特别叫作治民济世的事,这个错误又如何要得?认识一错,全盘都错,你受教育就不明白为什么受教育,你做事就不明白为什么做事,你成了个古代的知识分子,距离民主国家的公民却有十万八千里。我们想,如今的知识分子第一要不把知识分子看得了不起。知识分子了不起乃是知识封锁时代的现象,民主国家知识公开,知识共享,人人有了知识,人人成为知识分子,也就无所谓知识分子了。第二,要在实际生活中贯彻着"四海之内皆兄弟"的感情,真正见到彼此同气,不能分开,于是各自去参加"大家自己来管理,大家共同来管理"的某项事务。见解如此,才算脱去了古代知识分子的窠臼。

单管认识与见解，不顾日常的实践，还是不济事。做个民主国家的公民，必须随时随地实践，随时随地顾到共有的这份公产，才能使国家真个成为民主国家，自己与他人并受其益。譬如政治，就不能不管，有些人以为政治是罪恶的渊薮，管政治是卑琐龌龊的勾当，不去管它才是清高。其实这是古来知识分子的想头，与如今全不相干。按如今的说法，管政治并不等于做官（进一步说，官也可以做，只要明白做官是为公众办事，并不是去作威作福，鱼肉公众，就好了），只是管理自己与公众都有份的事而已，那些事太切身了，非管不可。选举保长乡长了，知道这关系到一保一乡的福利，就不该随便填个人名了事，更不该放弃选举权，不去投票。见到了什么意思，或者是积极的建议，或者是消极的指摘，知道不建议不指摘将会坏事，就不该想多一事不如少一事，让见到的意思在头脑里消逝。诸如此类，不能尽说，总之，凡是该管的样样都认真地管，才是实践。又如与大众为伍，要真个感到彼此为一体，这种习惯也不能不努力养成。从前的知识分子大多抱个人主义，喜欢超出恒流，即或有所交往，也只限于同辈，对于操劳力耕的工人农人，就看作下贱之徒，避之若浼，民胞物与，只在谈道学的时候那么说说，在作文的时候那么写写而已。如今彼此既同为国家的主人，无所谓高贵与下贱，而实际生活中又必须相济相助，搅在一起，所以文艺作者有深入民间的切需，知识青年有回到乡村的必要。其实说"深入"似乎未妥，深入了可能还有出来的时候，如果出来，岂不是仍在民间之外？若说"没入"民间，像一滴水，顺着江河归于大海，永不复回，那就更妥帖了。说回到乡村，也不是回去调查调查，考察考察，或者劝说一番的意思，大致也在于"没入"，乡间比之于大海，回去的青年就是一滴水。要真个做到如此地步，必须脱胎换骨，把沾染在身上的从前知识分子的坏习气完全消除，向大众学习，与大众共同学习。这又是非实践不可的事。

如今虽然有人嫌民主讨厌，又有人以为我国谈民主还早，可是我们相信民主是当前最好的共同生活方式，必须求其从速实现。就知识分子而言，其知识是可贵的，可是传统的精神必须革除，新的实践必须养成，才能够排除民主的障碍，促进民主的实现。这儿说了一番话，请读者诸君加以考核，如有可取，希望采纳，未尽的意思以后再谈。

一九四五年三月二十七日

"算了,算了"的态度要不得

读二月二十八日出版的《燕京新闻》,知道武大缪朗山教授教学俄文,被地方当局认为思想不纯正,勒令停课的事。这事件的结果,那期《燕京新闻》载得很详细,读者已经见过,这里不必重叙。我要说的是学校当局处理这件事似乎不甚妥当。教授受到无理的压迫,怎么能在"布告栏上贴出了一张纸条,宣布缪先生暂时不上课",企图就此了事?又怎么能让缪先生"接到校长的通知以后,为了暂避无谓麻烦,就住到朱光潜先生家去了",像一个逃避拘捕的罪犯似的?又怎么能要求缪先生接受什么"调停",遵从什么"协商",把那两个条件("不再公开宣扬"与"除正式排定的课程外,不得私自开班")答应下来?不能,万万不能,这其间的是非必须问个明白。教学俄文,没有错。开"拜伦研究"的课程,没有错。地方官吏干涉大学的行政,错。甚而至于违背政府颁布的保障人身自由的法令,错。即使是路人的事情,只要稍稍有点儿正义感的人,就会站在没有错的一边，与错的一边争辩。何况没有错的一边是学校里的教授，并不是什么路人，又何况这不只是缪先生个人的事！不问青红皂白，唯图息事宁人，那是最无聊的和事佬的行径。嘴里嚷着"算了，算了"，两只手拉开争辩的两边，这样的和事佬，我们在街头巷口时常看见，心里不免想他们糊涂。学校岂宜做这样的和事佬！何况就事实而论，学校与缪先生明明同在一边，不应该站在和事佬的地位！

　　我说学校处理得不甚妥当，意思大致如上。横逆加身，低头顺受，不能算什么美德。即使事不干己，不加辨别而说"算了，算了"，也算不得什么美德。见恶不抗拒，说得重些就是助长那个恶，那简直是恶德了。如今恶德层出不穷，报上常常有记载，耳闻目睹的尤其多。我们且不要摇头叹息，说这个局面怎么得了，我们先要问问自以为不恶的我们自己，对于那些恶事，我们有助长或是纵容的嫌疑没有？我们若说"贪污已成风气，怎能怪某某一个人"？我们若说"不拉壮丁，兵从哪里来"？诸如此类，我们就犯了助长与纵容恶事的恶德，局面弄不好，我们就该负若干分之一的责任。而且，如今群己的关系愈见密切，我们从实际生活的经验中发见一切的事几乎没有一件"不干己"的。贪污不是我们的钱，拉去充壮丁的不是我们的子弟，好像事不干己，我们尽可以抱"算了，算了"的态度，不必多管闲事。可是再想一想，贪污妨碍行政的效率，拉丁不利于抗战，难道真是与我们无干的闲事，尽不妨"算了，算了"吗？我们要管，当然会遇到若干障碍，但是，一则"干己"的事不能不管，二则助长与纵容恶事的恶德决不愿犯，障碍虽然存在，也唯有冲上前去。"算了，算了"，不与恶斗争，就是信善不坚。真正行善的人就是那抗恶灭恶的人。人谁不欲为善，我们应该自勉。

【原载一九四五年四月四日《燕京新闻》】

"习惯成自然"

"习惯成自然",这句老话很有意思。

我们走路,为什么总是一脚在前,一脚在后,两条胳膊跟着动荡,保持身体的均衡,不会跌倒在地上?我们说话,为什么总是依照心里的意思,先一句,后一句,一直连贯下去,把要说的都说明白了?

因为我们从小习惯了走路,习惯了说话,而且"成自然"。什么叫"成自然"?就是不必故意费什么心,仿佛本来就是那样的意思。

走路和说话是我们最需用的两种基本能力,推广开来,无论哪一种能力,要达到了习惯成自然的地步,才算我们有了那种能力,有达到习惯成自然的地步,勉勉强强地做一做,那就算不得我们有了那种能力,如果连勉勉强强做一做也不干当然就更说不上我们有了那种能力了。

听人家说劳动是人人应做的事,一切的生活资料,一切的文明文化都是从劳动产生出来的,心里相信这个话很有道理,这当儿,我们还不是已经有了劳动能力。

听人家说读书是充实自己的一个重要法门，书本里包含着古人今人的经验，读书就是向许多古人今人学习，心里相信这个话很有道理，这当儿，我们还不是已经有了读书的能力。

听人家说人必须做个好公民，现在是民主的时代，个个公民尽责守分，才能有个好秩序，成个好局面，自己幸福，大家幸福，心里相信这个话很有道理，这当儿，我们还不是已经有了做个好公民的能力。

这样说下去是说不完的，就此打住，不再举例。

要有观察的能力，必须真个用心去观察，要有劳动的能力，必须真个动手去劳动，要有读书的能力，必须真个把书本打开，认认真真去读，要有做好公民的能力，必须真个把公民应做的一切事认认真真去做，在相信人家的话很有道理的时候，只是个"知"罢了。"知"比"不知"似乎好些，但仅仅是"知"，实际上与"不知"并无两样，到了真个去观察去劳动……的时候，"知"才渐渐化为我们的习惯，习惯成自然，才是我们的能力。

通常说某人能力不强，就是某人没有养成多少习惯的意思，譬如说张三记忆力不强，就是张三没有把看见的听见的一些事物好好记住的习惯。譬如说李四发表力不强,就是李四没有把自己的思想和感情说出来写出来的习惯。

习惯养成得越多,那个人的能力越强,我们做人做事,需要种种的能力,所以最要紧的是养成种种的习惯。

养成习惯,换个说法,就是教育,教育不限于学校,也不限于读书,学校教育只是教育的一部分,读书这件事也只是教育的一部分,我们在学校里受教育,目的在养成习惯,增强能力,我们离开了学校,仍然要从种种方面受教育,并且要自我教育,目的还是在养成习惯,增强能力,习惯越自然越好,能力越增强越好,孔子一生"学而不厌",就为他看透了这个道理。

一九四五年四月二十六日
【原载一九四五年七月《开明少年》(创刊号)】

茶　馆

　　看见副刊的名称叫作《茶座》，就想到茶馆，想到前几年的禁止新式茶馆。坐茶馆废时失业，是一。乱"摆"闲扯，容易造言生事，是二。那架起了一条腿悠然抽烟卷的样儿，很不像抗战时期的紧张情况，是三。茶馆确实应该禁。不过单禁新式茶馆，放过旧式茶馆，未免美中不足。这且不去说他。单说若把所有的茶馆都禁绝了，是不是就会达到预期的效果，只怕也未必。时间根本不值钱，事业呢，有些人是想干没得干，有些人是要干不许干。你不容人家在茶馆里废时失业，人家自会找到种种的地点，想出种种的花样，实做他们的废时失业，你又怎么办？

　　再说，造言生事确乎讨厌，可是把茶馆关光了，人家有嘴有耳朵，还是可以造言生事。即使做到极点禁止偶语，人家还是可以在房间里，放下窗帘儿偶语起来，你又怎么办？至于不像紧张情况，又何尝限于茶馆？坐在办公室里，画几个"行"，盖几个私章，算是紧张情况吗？抬起了形体上以及精神上的头,等待有朝一日胜利在握,太平实现,算是紧张情况吗?如果都算不得,又怎么能单独责备坐在茶馆里,架起了一条腿悠然抽烟卷的那些朋友?

　　这样说来,似乎是主张茶馆不须禁止了。事实上,如今茶茶馆馆与以前一样的多,只有想发横财而开了新式茶馆的人倒了霉。然而我是极端赞成禁止茶馆的,不过据我想,要收禁止茶馆的效果,在禁止茶馆以外,还得干些最关重要的什么。类此的事,都可依此类推。

【原载一九四五年六月十四日重庆《商务日报》】

我们永不要图书杂志审查制度

就古的说，秦始皇的焚书，就近的说，清朝的搜禁书籍以及窜改历代书籍，都与现代的图书杂志审查制度"若合符节"。

从秦始皇到清朝，行的是所谓专制政治。专制政治的要点，一面是统治者，一面是被统治者。统治者居于主人的地位——牛羊所有者那样的主人的地位，被治者只有实做牛羊的份儿，牛羊该怎么样，全凭主人的意志：这就是专制政治。

既是牛羊，还有自由思想的资格吗？还有自由发表的余地吗？当然一切都得听从主人，于是来了焚书，禁书，改书，图书杂志审查那一串的办法。

我们不要图书杂志审查制度，从一个基本的理解出发：现在无所谓统治者与被统治者这两方面了，所以行不通专制政治，所以用不着合于专制精神的图书杂志审查制度。

按我们的理解，政治是一切公众的事的总名

称,大家都得参与。不是为了好事才参与,是为了要自己与他人的生活都好,不得不参与。参与的方式,大家发表意见,商量商量,求其至当,是一项。大家贡献力量,认认真真,做到至善,又是一项。至于各级行政人员,他们是受了公众的信任与委托,办理公众的事的人。必须特别点明,他们不是统治者,他们也只有一份参与的权利,与任何人一样,不多也不少。又必须特别点明,他们必须是最精熟的技术人员与最负责的实行家。

在这样的理解之下,图书杂志审查制度当然没有存在的理由。要审查就得定出什么标准与尺度来,思想言论要合得上标准与尺度才可以发表,就等于有一部分思想言论不能发表,就等于不让大家尽情发表,仔细商量,这成什么话?而且,担任审查的人就是代替公众办理公众的事的人,用自己的手扼住自己的喉咙,除了傻子,谁愿意干这样的傻事?

退开一步说,即使所谓标准与尺度定得非常之宽,目前没有一种图书杂志被禁被删,将来也永不会有一种图书杂志被禁被删,这个制度还是要不得。有这个制度在,有所谓标准与尺度在,编书作稿的人去送一回审,盖个"审讫"的图记,精神上就受一回极严重的迫害。为什么我的思想言论要待盖上个"审讫"的图记才能发表出去呢?这好比每回上街先得去领一张通行证,不由你不感到过的是拘囚的生活。

所以标准与尺度紧也好,宽也好,全都一样。我们不讨论什么紧与宽,总之我们永远不要这个制度。我们不甘受精神上的迫害,我们要享有发表的自由。

我们不要这个制度,并不因为我的思想言论曾经被禁被删,你的思想言论曾经被禁被删,他的思想言论曾经被禁被删。即使我的你的他的思想言论都没有被禁被删,将来也永不会被禁被删,我们还是不要这个制度。制度存在,总有我你他以外的人受着精神上的迫害,我们与他人精神上是共通的,他人受到迫害也就是我们受到迫害。

以上说的是一种全新的想头,至少在我国是一种全新的想头。我国向来行专制政治,处于牛羊地位的公众无所谓发表的自由。现在专制政治要结束了,发表的自由成为公众生活的要素,大家必须努力争取享有它,同时必须努力学习,使发表的自由收到充分的效益。一面争取,一面学习,从今开始不算迟,可是非开始不可。

切不可牵涉到一些因袭观念方面去。

陆放翁的诗道:"近传下诏通言路,已卜馀年见太平。"如果把主张废除图书杂志审查制度认为"通言路",那就牵涉到因袭观念方面去了,大错特错。试想,"诏"由谁"下"的?"言路""通"了由谁发表意见?发表的意见是不是就有实施的指望?"通言路"与"见太平"是不是有必然的因果关系?把这些问题想一想,就知道与我们现在的情形全不对头。放翁那么想,作他那两句诗,我们不能说他糊涂,他处的是南宋时代。可是,我们倘若与他一般想法,那就是我们糊涂了。发表的自由与"通言路"完全是两回事,决不能连到一块儿。

还有"防民之口甚于防川"呀,"下情上达"呀,这些说法与我们现在的情形也不对头。试辨辨"防民之口甚于防川"那句话的意味,防民之口是危险事啊,这是为什么人打算!现在还容得这种人存在吗?又试辨辨"下""上"二字,就见得阶级意味显然。现在在公众之间,还该有"上""下"的阶级吗?

有些人受因袭观念的影响太深,逢到一件事物,总爱往古书、故事、成语那方面胡扯。不要说口头笔头胡扯无关紧要。你会胡扯,就见得你认识不清,认识不清,就会使新事物变质,搅得毫无实际效益,而且产生意料不到的弊病。

我们不妨重说一句,主张发表自由是全新的观念。这种自由,我国人以前没有享受过,从今起要享受它了,而且要绝对地享受它。

最后说出我们的具体的话。新闻检查要从十月一日取消了,很好。图书杂志审查也该取消,不要延缓,不要有什么过渡办法,取消就是立刻而且干脆地取消。

【原载一九四五年九月重庆杂志联谊会《联合增刊》】

又来挽《民主》

刚挽过《周报》，现在又来挽《民主》，悲愤极了。

在《周报》被迫停刊的时候，我们知道，他们必然也容不得《民主》。我们知道，隔不多久，《民主》也将使用那刺人眼睛的三个字——"休刊号"。

准备着挨的一刀，刺过来觉得更痛。何况我们已经屡次被刺过了一刀。

当然，多刺一刀，我们痛得更厉害。可是，多刺一刀，也使我们恨得更深切。

墨索里尼被枪毙过后，尸首倒挂在米兰市上。有个妇人朝他打了五枪。

为什么要五枪？不是一枪也不用打了吗？

那个妇人有她的道理。她的每一枪为她的一个儿子报仇，她有五个儿子死在墨索里尼的疯狂政策之下。

第一枪为了第一个殉难的，第二枪为了第二个。直到第五枪，每一枪都由于更深切的仇恨。

我们挽《民主》,我们恨。

我们决不肯说"予欲无言";我们要呼喊"记住这个恨"!

【原载一九四六年十月三日《民主》】

谈"利用"

"莫要被人家利用了啊!"最近的抗暴运动发生之后,又有人说这一句了。

"莫要被人家利用了啊!"听听那声音,何等关切,仿佛孟子所说的见孺子将入于井,不禁动了恻隐之心似的。可是过细一想,把对方看成完全不懂事的孺子,未免低估了对方,而太过低估往往是错失,至少有欠尊敬。所谓对方,难道只是些中无所主,是非莫辨,专待人家一脚踢来一脚踢去的皮球吗?不就他们所言所行的本身着眼,辨别个真是真非,单就他们有所言有所行的迹象着眼,叮嘱他们当心被人家利用,说得严重些,简直是否认对方的人格。

"莫要被人家利用了啊!"听听那声音,何等地战战兢兢,如临深渊,如履薄冰啊!按照那意思推广开来,最好是什么都不管,什么都不问,明明有眼睛,只当看不见,明明有耳朵,只当听不见,明明有脑子,只当想不清,那才可以完全避免被人家利用。然而,畏首畏尾,身其馀几,这成了个什么样的人呢？就个己说，这是个寂然木然的顽躯，就大群说，这是个于群无补的废料。不被人家利用是做到了，可是生命也完了，在临到死亡之前，一直是不死不活地奄奄一息，不开什么花，不结什么果实。

我们忠厚存心，不愿意猜测说这句话的人怀着什么坏心肠，相信他们全出于一片好心。可是这好心肠里头很有些不好的成分在，一是否认对方的人格，二是引导对方走向畏首畏尾的道路，直到成为顽躯废料而止。这恐怕是说这句话的人没有料想到的吧。

要问明被不被人家利用，其实是很容易的。只要辨明自己所言所行的是或非，同时辨明人家所言所行的是或非，是公谋还是私图，就成了。如果自己所言所行荒谬，而与人家荒谬的私图相凑合，那就是朋比为奸，其恶极大，岂止被利用而已。如果自己所言所行正确，考量人家所言所行也正确，而且确系公谋，那么彼此结合起来，正是志同道合，共策进行，谁也没有利用了谁。

一般的见解，被人家利用好像只是青年们的事。这种见解，自有血气未定或是认识不够之类的话作它的根据，若在中年人老年人，血气定了，认识够了，一切都把得住舵，就没有被人家利用的危险。其实这也不过是想当然罢了，尤其是中年人老年人大多这样想当然。我们倒要劝告中年人老年人，且把一片好心用在自己身上，先问问自己有没有被利用吧。

【原载一九四七年二月《中学生》】

如果教育者发表
《精神独立宣言》

第一次世界大战以后，罗曼·罗兰、巴比塞、罗素等人发表过一篇《精神独立宣言》，说明文化界人士的态度，消极方面，不再受野心家的利用，积极方面，要为自己所抱的正义和所奉的理想坚决努力。

现在，第二次世界大战又过去了，放眼看世界，全不像个"为万世开太平"的局面。在战争尚未结束的时候，大家怀着热切的希望，以为人类该是一种长进的动物，经过了这一场反法西斯的战争，总会把世界好好地安排一下吧。谁知战争结束之后却是强烈的失望。单是心理上的失望还没多大关系，无奈连实际生活上也失望：精神生活与物质生活原是分不开的，在这个时期，岂止文化界人士，各国各民族大多数的人正要联合起来发表一篇《精神独立宣言》，表明消极方面怎么样，积极方面怎么样。这篇宣言至今没有看见，实在也没有人写；可是写在人们心里，写在所有切望"为万世开太平"的人们心里。

把范围缩小，人限于我国，工作部门限于教育，我国的教育者也切需一篇《精神独立宣言》。

教育事业的目标在辅导下一辈人的发育生长。说到发育生长其中就含有健全的、善良的、群己两利的，种种意思。辅导不能凭空辅导，必须寄托在实际事务上，知识的传授和能力的锻炼都是实际事务，通过这些实际事务才可以辅导，才可以使下一辈人发育生长。教育并不是一种孤立性的事业，它与其他部门都有牵连，可是，教育决不是一种附庸性的事业，对于辅导下一辈人的发育生长，它负着最直接的责任，其他部门与教育的目标协调的时候，教育者自当精进不懈，努力尽他们的责任。其他部门与教育的目标不协调的时候，教育者为了不肯放弃他们的责任，就得自辟道路，干他们自己的；曾国藩所说的"一二人"固然不足以收什么功效，但是大群的教育者都来干他们自己的，未尝不可以转移风气，挽世运。

如果我国的教育者要发表一篇《精神独立宣言》，我想，其中至少包含以下几点意思。

一，表示教育者不再承袭我国传统的教育精神，传统的教育以圣经贤传为教。且不问圣经贤传是否适于为教，而且圣经贤传做幌子，实际上却把受教育者赶上利禄之途，是传统的教育最不可容恕之点，如今的什么学科什么课程也是幌子，实际上也在把受教育者赶上利禄之途，利禄之途无论赶得上赶不上，总之与真实受用是两回事儿，与人的发育生长是两回事儿，发育生长了，得到真实受用了，去干一种事务，去做一行职业，这是尽其所能，不是利禄之途，走利禄之途的是只望不劳而获，损人以益己，这在从前已经不合，在今日尤其是大患，教育者为了要尽自己的责任，不能不表示不再承袭传统的教育精神。

二，表示教育者不再无视是非善恶，从前人家聘请来教子弟的教师叫"西席"，西席在馆东家里处于宾客的地位，自然不便过问馆东家里的事，现在的教育者可不是什么人家的西席，而是以国民的身份，对国家尽一份责任，担一份工作，就其国民的身份而言对于一切事情是非善恶自该下个判断，立个主张。若说教育者是超然的，除了教育而外没有什么判断和主张，那是不通的。生在这个地球之上，就没法超然于这个地球，生在这个国度之内，就没法超然于这个国度；对于一切事情没有判断主张，只是委心顺运地活下去，岂不与圈栏里的牛羊相去无几？若说教育者处于宾客的地位，有什么判断和主张也不便宣布，那也不妥，非宾客而自以为宾客，不妥；失却了国民的身份，不妥；畏首畏尾，抹杀立场，不妥。教育者教的固然不过某学科某课程，但是某学科某课程之外还有"身教"，而身教的凭借，最重要的是明是非，辨善恶，多数的教育者能够明是非，辨善恶，身教的影响所及，世间还有不明的是非，不辨的善恶吗？在今日以前，老实说，教育者未免西席化了；这对于教育者自身诚然是欠缺，而对于教育的责任因而不能尽，尤其是严重的过误，所以要立刻改变过来，从今而后，教育者要明是非，辨善恶，有见必言，有言必践，既以此立身，同时也以此为教。

三，表示教育者只对人民服务。换句话说，不对某些个人或某些集团服务，人民不是个抽象的名词，是姓张的，姓李的，种田的，做工的，许许多多人的总称。这些人休戚相关，利害与共；教育者也就杂厕在其中，教育者也是人民，教育者所以愿意费心劳力，做工作，尽责任，为的希望大家发育成长，不断地趋向美善，尽量地享受幸福，这其间，为人也为己，为己也为人，实在分不开来，唯其分不开来，教育对于教育者才是一种有意义的值得去干的事业，好比在自己参加的合作社里担一份职务一样，可是，在过去，乃至在现在，教育者都有像"老板店"里的伙计那样的；伙计，吃老板的饭，为老板服务，主意是老板的，得来的利益也是老板的。教育者成了伙计，就只能吹吹打打，滥作商业宣传，说本店的货色顶好，或者一无表示，唯唯诺诺，老板存着些霉烂货色,也昧着良心搬出去卖给主顾,这样,为老板服务是到了家了,教育的意义可完全失掉了。教育者如果认清自己是教育者,就决不愿意当什么伙计;唯有在为人也为己,为己也为人的出发点上,才愿意干他们的真正的教育工作。

四,表示教育者终极目标是"为万世开太平"。说万世,多么久远;说太平,多么艰难。但是生而为人,就不能不站在人的地位着想;天文学的观点和生物学的观点固然可以有,然而在作这些观察的时候,已经离开了人的地位了。站在人的地位,就得作这样想:即使太平不能立致,甚至距离很远,可不能不开其端,立其基。否则一直乱糟糟的,战争,饥馑,贫穷,疾病,侵凌,压迫,人格何以为人?开其端,立其基在于一点一滴地实干,尤其在乎多数人一点一滴地实干。教育者干教育工作,这件事的本身就是那所谓一点一滴;同时他们辅导下一辈人发育生长,也无非要使下一辈人有他们的一点一滴。记不清什么人有一首诗,题目叫《愿无尽》,借他的诗题来说,太平之境无尽,教育者之愿也无尽。

我国的教育者有切需发表一篇《精神独立宣言》包含以上几点意思的吗?我愿执鞭而从之。

【原载一九四七年三月七日《文汇报》】

记教师的话

时常与担任教师的朋友接触,听见他们谈到对于职务的感想,现在信笔记在这儿。

"担任教师是最贪懒最没出息的人干的事情。无论你教的什么功课,譬如说本国史或是代数学吧,开始担任的一个学期当然要预备预备,免得临时哑场。教过一两个学期,你的那出戏唱熟了,一上场就哗啦哗啦唱起来,好比开留声机,留声机尽可以开一辈子,只要你在人事方面处得好,每个学期总有一张或几张的聘书拿在手上。如果你还能稍稍费一点儿心思,随时插入些新材料,换用些新讲法,那就好比戏场里说的'某老板又有新腔了',即使得不到听众的喝彩,至少唱的人总觉得有劲儿,并非敷衍了事,唱完以后,拿起书本踱出教室,就可以什么都不管,享受'无事一身轻'的妙趣。暑假是那么长,六个星期,多到十个十二个星期,寒假也不短,三四个星期不会少你的。还有国庆校庆以及什么纪念日,填在授课时间表上的课碰上那些日子,就堂而皇之地'作罢'了,常言道'当过三年叫化子,连皇帝也不想当了'。我要套一句说,'当过三年教师,连皇帝也不想当了',当然,这是从贪懒的观点说的,怎么说没出息呢?有出息的,'学而优则仕',谁肯干这吃不饱饿不死的勾当?你看,某公某公,什么学的权威,什么方面的专家,他们都从政去了,参政员,国大代表,司长,次长,部长,他们宁愿让什么学成为绝学,专家的头衔也不妨情让,决不肯错过了向上爬的机会。爬呀,爬呀,在一个人或一个集团之前低头没关系,重要的是可以操纵大多数人,享受大多数的声色货利,他们都是有出息的家伙,是强者,有意志,有能耐,只有我们这一批弱者,自知对于此道毫无办法,这才甘守寂寞,冷冷清清地当个教师,说甘守寂寞只是句好听的话,拆穿西洋镜,还不是自认没出息的表现?"

"韩昌黎说,师是传道授业解惑的人,我自问不是那样的师,道字太玄虚,且不说它。就说业吧,我除了能在教室里空讲一通外,根本就是个无业游民,自己既然无业,又有什么业传授给学生?再说解惑。我自己正有一肚子的惑在这儿,美苏冲突呀,外长会议呀,无休无歇的内战呀,越来越涨的物价呀,也说不尽许多,这些到底是怎么一回事,我实在搞不清楚,我的办法很干脆,搞不清楚,索性还它个不闻不问,这就无所谓惑了,可是这个秘诀不仅传授给学生,他们青年人也未必肯采用我的消极应付办法,那么,我还有什么能给他们解惑的呢?我自己知道得很清楚,我去上课,为的是每个月可以向会计处领薪水,我对学生也知道得很清楚,他们去上课,为的是他们的时间非花掉不可,为的是他们要一张实在没有用可又不能不要的文凭,我们用同样的手段达到不同样的目的,于是在教家里碰头了,如是而已。"

"我担任教师,起初竭力督促学生写笔记,过了些时要他们交上来让我看,看见有些本子上只有三言两语,有些本子末了一句话写了半句就停止了,忍不住怒从心头起,把这几个学生着实骂了一顿,大概是我的骂发生了效力,以后再交上来,全部是写得满满的了。上课时候,学生执笔在手,唯恐漏掉一词半语,急急忙忙地写个不停,时时抬起头来,两颗眼珠慌慌张张地朝我一望,脸皮涨得红红的,直红到颈根边,当然,我满意了,讲得格外起劲儿,可是,有一回讲得正起劲儿的时候,脑子里忽然钻出来一个坏想头:'我所讲的全是珍珠宝贝,值得他们这样辛辛苦苦地捡起来藏起来吗?看他们的眼光和脸色,看他们的紧张的动作,真好像面对着珍珠宝贝呀。'

这么一想，我愣住了，至少有两分钟说不出话来，我到底有多少珍珠宝贝给他们呢？诠释一个词儿，花上五分钟，讲解一个句子，又是五分钟，打一个比方，说得高兴就是十分钟，话像藤蔓一样爬开来，直到去题千里，不得不用'再说'把它拉回来，至少也得十五分钟，如果这些并不是珍珠宝贝，珍珠宝贝也就很少了，然而学生仿佛以为没有一句不是珍珠宝贝，只怕漏掉一颗半件，成为终身的遗憾似的，他们虽然不自论我可感到良心的谴责，当时我很想提醒他们说：'你们不用拾得这么勤，我这里珍珠宝贝实在有限得很呀！'但是，出尔反尔，成什么话？而且，这碗饭我还得吃下去呢，也就若无其事地讲下去，不过收到他们的笔记本的时候，我再也不敢看了，在桌子上放了一天就发还他们，我怕的是看见自己吐出来的尽是些渣滓瓦砾。"

听了上面的一段话，另外一位教师接着说了："我同意你的话，干我们这一行，真叫作反省不得，你一反省，就会觉得自己不知道在干些什么，就会觉得自己简直是个疯子，先就坐在我们面前的学生说，他们是注定坐着听讲的人，小学里六年，正经事务是坐着听讲，中学里六年，还是坐着听讲，升到大学里，坐着听讲的命运还没有完，又是整整的四年，加起来是十六年呢！

十六年间，死死板板地坐在那里听讲，要是不感觉厌倦，必然是个神经失常的人。我们在什么会里听人家演说，不是坐了一个钟头就要打呵欠伸懒腰了吗？他们坐着听讲并不是他们要听，是我们要讲给他们听。我们要讲给他们听，他们就非听我们的不可，至于我们为什么要讲给他们听，说来话长，头绪也纷繁，姑且不谈，总之我们是注定要讲些什么给他们听的人。我们各人有各人的一套，只要眼睛望着前面，心里不作什么反省，尽可以理直气壮地哗啦哗啦，一反省可不得了，拿一些不着边际的话语，不很切用的经验，讲给并不要听可又不得不听的一班人听，究竟是怎么一回事啊！我那学校建筑很马虎，教室与教室隔着一层薄板壁，每逢我写黑板的时候，隔壁教室里同事的声音传过来了，那声音呆板枯燥，孤立无助，用有形的东西来比拟，好像一只独木船停泊在绝港里，不要不紧的风吹着它，不要不紧的水波打着它，听，听，听，听，连字眼也辨不清了，只听见一串类似哀叫的声音，使人不乐意听它可又没法避开它，同时我仿佛觉得在隔壁教室里发声的就是我自己，另外一个化身的我在听那哀叫。我为什么要这么哀叫呢？我为什么要每天每天这么哀叫呢？这么想的时候，我几乎确认自己是个疯子了，只差没有丢掉粉笔跑出教室。"

可记的还有许多。以上几位的谈话可以说是属于一类的,别一类的话,过些时再记吧。

【原载一九四八年二月一日《中学生》】

"老爷"说的准没错

《十五贯》里的娄阿鼠说:"老爷说是通奸谋杀,自然是通奸谋杀的了。"这当然表现娄阿鼠作恶心虚,谋脱干系,可是这句话的格式可以研究一下,因为这个格式代表一种思想方法。

老爷说的话准没有错儿。为什么准没有错儿?就因为说话的是老爷。不妨听一听,老爷说是怎么样,自然是怎么样了,他的语气多么斩钉截铁。娄阿鼠的思想方法的全部精华就是这样。

岂但娄阿鼠呢?从前有许多人用"先圣有言"发端,或者用"孔子曰""孟子曰"开场,把大前提摆出来,然后立论下判断。近几十年来,"先圣有言"和"孔子曰""孟子曰"几乎绝迹了,可是大前提的前边往往是"某某说"或者"某某指示我们",可见余风未衰。这些大前提为什么能做大前提,照例用不着证明,这里头隐隐含着这么个意思——是某某说的话就有资格做大前提。这就差不多跟娄阿鼠一鼻孔出气了。娄阿鼠不是相信老爷说的话准没有错儿吗?所以娄阿鼠的思想方法可以做代表。

早些年有个名儿叫"偶像崇拜",今年有个新鲜儿名叫"个人崇拜",两个名儿二而一,都指的这一种思想方法。

被用作大前提的先圣,孔子、孟子以及这个某某,那个某某的话也许全没有错儿,从这些大前提推出来的结论也许全有道理,也许对实际工作确有好处,可是这样的思想方法总难叫人信服,因为它只认某某而不辨道理,因为它无条件地肯定某某的话必有道理。无条件地肯定某某的话必有道理,这是无论如何不会约定俗成的。

摆脱这样的思想方法,该是改进文风的办法之一。

【原载一九五六年七月二十日《人民日报》】

我 呼 吁

中国青年杂志社特地把今年第二十期《中国青年》寄给我，要我对这一期上的调查摘要《来自中学生的呼声》发表些意见。

我要家里人念给我听，念的人声音越来越哽咽，我越听越气闷难受：

片面追求高考升学率造成的不良影响我不是不知道，但是没想到影响竟这样严重。

请各级教育行政当局都认真读一读这篇调查摘要，听听中学生的呼声，看看他们——岂止他们，连同他们的刚进小学的弟弟妹妹——身受片面追求高考升学率的严重摧残的情况。

教育部的领导同志们，我们教育部曾经说过，不要片面追求高考"升学率"，又曾经说过，某些片面追求高考升学率的做法必须停止，看来收效都不大，我们教育部能不能再说说话呢？能不能采取比说话更为有效的措施呢？我想，对中学生这样恳切的呼声，谁也不会无动于衷的。

各省、市、自治区的教育局的领导同志们，

你们那里有没有片面追求高考升学率的问题呢？你们那里的中学生有没有同样的呼声呢？假如没有，那是好极了，我为你们那里的中学生庆幸，我代他们向你们致谢致敬，感激你们对他们的爱护，假如有，那么请恕我直说，你们切不要回避问题，摧残学生的身心来换取本地区的虚荣决不是什么光彩的事。请赶快设法把局面扭转，解除中学生身上的压力，让他们得到复苏，你们这样做了，我也为你们那里的中学生庆幸，也代他们向你们致谢致敬。

请大专院校的领导同志和教职员同志也看一看这篇调查摘要，看一看那些片面追求升学率的中学怎样在给学生"催肥"，你们要招收的决不是那些"死记硬背的东西太多，缺乏独立思考和丰富的想象"的学生，你们要不要对中学教学提出你们的要求呢？你们要不要对他们在教学方面的那些不正确的做法提出建议性的批评呢？

请小学的领导同志和教职员同志也看一看这篇调查摘要，看一看片面追求升学率在中学里造成了多么严重的后果，你们千万不要在小学生身上就施加影响了，如果从小学起就一天到晚给学生灌输唯有考大学是一条出路，临到考大学的时候再给他们讲"一颗红心两种准备"，十寒一曝，能起什么作用呢？后果虽然在若干年之后，你们是爱护孩子的,一定会为他们的将来认真着想。

请中学的领导同志把这篇调查摘要反复细读,在这个问题上,你们起的作用是关键性的,如果上级领导要你们片面追求升学率,你们要顶住,为的是爱护学生,如果社会舆论从片面追求升学率出发来指摘你们,你们要顶住,为的是爱护学生,如果家长为了子弟考不上大学找上门来,你们要向他们恳切地说:怎么劝说用不着我说,因为这些道理凡是办教育的人都懂得。你们切不要向学生施加压力,更重要的是切不要向老师施加压力,"剃光头"就"剃光头"好了,只要按党的教育方针办事就没有错,升学率大小不是教育办得好不好的唯一标准。我们要培养的是全面发展的人,社会主义国家合格的公民,四化建设各个方面的人才;其中少数的一部分要由大学培养,极大部分可不然,实际情形是这样,"剃光头"又有什么不好意思的?凡是片面追求升学率的种种做法,如分设"快班""慢班",给毕业班指派"把关"老师,并规定"指标",尽量多发复习资料,无休无止的种种考试,尽量提早准备高考的时间,等等,奉劝你们一律停让,为的是保护学生的身心健康。

请中学的教职员同志也把这篇调查摘要反复细读,如果你们没有片面追求升学率,你们的学生有福了,我代他们向你们致谢致敬。如果你们在各方面的压力下,不得不那样做,那么今后能不能顶一顶,当然要用说理的办法顶,你们跟同学朝夕相处,经常听到他们的呼声,最能了解他们的心情,他们还是比较大的孩子,难道不应该玩一玩松一松吗?难道不需要体育活动吗?难道不需要文化生活吗?你们是爱他们的,一定能处处为他们着想,保护他们的切身利益。

请学生的家长们也读一读这篇调查摘要,像这样的出自内心的呼声,你们过去听见过吗?你们都希望孩子成长,这是当然的,进大学是成才的一条道路,可不是唯一的道路。再说,进了大学还得看自己肯不肯学,会不会学,从这一点来说,进不进大学一个样,不进大学,要是自己肯学,自己会学,同样可以成才。所谓成才,就咱们这个社会的标准来说,就是成为一个对社会主义建设有用的人,能进大学固然好,不进大学,通过其他种种道路,同样能够达到这个目标。高中毕业生只有一小部分能进大学,这个情况在本世纪内大概不会有多大改变。所以孩子进不了大学,千万不要责备他们,把孩子逼坏了,甚至逼死了,那就成为毕生的遗憾了。

我还要请各种报刊的编辑同志看看这篇调查摘要,请你们不要在你们的报刊上鼓吹哪个学校升学率高,哪个地区考分高;不要在你们的报刊上介绍片面追求升学率的方法和经验;不要在你们的报刊上宣传高考成绩优秀的学生,因为考进大学只表明下一个学习阶段将要开始,他能不能学好还是个未知数;不要在你们的报刊上刊载试题和考卷,因为这些都将成为下一届毕业生的沉重负担。

  我还要请各个出版社的编辑同志看看这篇调查摘要,请你们不要再印行历届高考试题解答之类的书,不要再印行供备高考之用的各科问答,这些书轻则加重学生的负担,重则助长某些学生的侥幸心理,附带说一声,请你们不要再印行什么假期作业,因为这将侵占学生应得的休息权利。

  爱护后代就是爱护祖国的未来,中学生在高考的重压下已经喘不过气来了,解救他们已经是当前急不容缓的事,恳请大家切勿等闲视之。

一九八一年十一月一日

【原载一九八一年第二十二期《中国青年》】

关于思想品德课

小学增设思想品德课,当然是好事。

若问为什么要增设这一课,回答当然是要使学生从小就有好思想好品德,打下根基,日后越来越好。

我时常想,好思想和好品德只是两个抽象的名词,而够得上这两个抽象名词的,必然是具体的辨认和行动,譬如说,某个孩子真正懂得苍蝇和蚊子对人们的危害,真正懂得蜜蜂和青蛙对人们的好处,他就随时随地扑灭苍蝇蚊子,保护蜜蜂青蛙,对这个孩子,咱们就说他在这一方面有了好思想和好品德。

我以为抽象的德目如爱劳动、爱祖国,对学生尽可以少在口头上提出,而在具体的引导和训练中却必须看准学生的发展程度和个人特征随时用力,不可丝毫放松。

我又时常想,要有好思想好品德不仅是听人讲讲就够了的事,苍蝇蚊子的危害,蜜蜂青蛙的好处,可以听家长和老师的讲说而知道,也可以凭自己的观察和思索而领悟，光靠被动地听讲总是不够的，在听讲的同时还必须自动地动脑筋，把有关的种种关系辨认得一清二楚，这才不仅知道，而且确信，由于确信，就咬定非如此如彼不可，积久而习惯成自然，于是对苍蝇蚊子一定扑灭，对蜜蜂青蛙一定保护，这种好思想好品德便成为终身的伙伴了。

  我恳切期望家长和老师节约讲说的工夫，能不讲就不讲，必须讲的时候也只画龙点睛似的点几句；腾出工夫来，在引导孩子自动动脑筋的方面多想办法多花力气。这固然不太容易，要是做得好，却是够孩子一辈子受用的。

  我又时常想，要学生有好思想好品德，如果家庭、学校、社会上的各方各面真能通力协作，必然易于见效，因为每个学生都生活在这些群体里。缩小范围来说，在一所学校里，如果全校的老师在思想认识方面，在生活习惯方面，基本上彼此一致，这就是极关重要的通力协作；由于老师通力协作的熏陶，他们对学生的指导和训练就容易产生好影响，收到好效果。

  增设了思想品德课，该不会把培养学生好思想好品德的责任全搁在担任该课的老师的肩膀上吧；我想如果这样做是非常不妥当的，我相信一定不会，换句话说，就是虽然增设了思想品德课，还是要全校老师通力协作。

再进一步想,课内的所有知识课和技术课,课外的种种校内校外活动,实际上都有培养好思想好品德的作用,只要老师教得好,引导得好,学生学得好,活动得好,就不必另加什么"思想品德的尾巴",学生自然而然能在思想品德方面不断长进,所以我常说,思想政治富于各种功课和各种课外活动之中,我自以为这个"富于"的观点是不错的,实际上确然如此,细说起来要写许多话,我在他处已写过几篇,这里不写了。

一九八二年八月十四日

【原载一九八二年第四期《课程·教材·教法》】